Marcel Möring

AMEN

Marcel Möring

AMEN

Roman

Aus dem Niederländischen von
Helga van Beuningen

Luchterhand

Said you'd give me light
But you never told me about the fire.

Stevie Nicks, »Sara«

In our age it is not sex that raises
its ugly head, but love.

John Fowles, *The Magus*

Communication is the problem to
the answer.

Eric Stewart (10 cc),
»The Things We Do For Love«

Für meine Lektorin Susanne Holtzer

I

Dass es einen Anfang gibt, der anfängt, und ein Ende, das endet, und dass das Ende anfängt und der Anfang endet und dass Ebbe und Flut der Zeit heranschwappen und sich zurückziehen und das Treibholz dessen zurücklassen, was war *komme Samstag den letzten Karton holen, okay?* und du, der sagt, dass es okay ist, dass alles okay ist, du bist okay, ich bin okay, dass du weg bist, ist okay, dass ich das nicht verstehe, ist okay, es ist okay, dass das Ende hier anfängt oder der Anfang hier endet, es gibt gar nichts, was nicht okay ist, okay vermeidet einen Haufen Blabla, der uns nicht weiterbringt, denn es ändert sich nie etwas, zwischen uns nicht, auf der Welt nicht, in der Geschichte nicht, alles fließt, und du kannst es dir nur ansehen und denken: Alles fließt. Dass, wenn wir von anfangen sprechen, wenn es einen Anfang geben muss, dass du allein sein wolltest, egal wo, dass du in den Wald gingst, aber eigentlich ohne Ziel, dass du (wie sagt man?) gingst, um zu gehen, und an den letzten Karton dachtest und was darin war und warum du eigentlich nicht hineingeschaut hattest, obwohl dieser Karton schon seit Wochen, Monaten im Flur stand, dass du dich fragtest, ob dieser Karton ein Symbol war (wofür?) und was es bedeutete, dass du nicht hineingeschaut hattest, dass du immer nur an ihm vorbeigegangen warst und ihn nicht einmal gesehen hattest, oder vielleicht schon gesehen, aber so wie man einen Stuhl sieht, einen Vorhang, die Dinge, die da sind, weil sie da sind, die Dinge, die keine Bedeutung haben, bis du sie anschaust und mit einem Mal über sie nachdenkst, und dass du erst über diesen Karton nachzudenken begannst ... ein Symbol, weil du auch nicht dahintergekommen warst, was in *ihr* steckte, wer sie war, was sie war, geschweige denn warum sie bei dir war, nicht, dass du es nicht versucht hast, Gott weiß, dass du es versucht hast, dass du versucht hast, in sie hineinzuschauen, um sie kennenzulernen, wirklich kennenzulernen, und dass du das noch immer tun würdest, dass du damit nicht aufgehört hättest, wenn sie nicht aus dem Nichts heraus gesagt hätte, sie gehe weg, und nur einmal noch zurückkam, als du nicht zu Hause warst, und ihre Sachen abholte, außer diesem einen Karton, den sie ... *und was wäre, wenn ich jetzt einmal gesagt hätte, es ist nicht okay, Joyce, was, wenn ich gesagt hätte, bist du jetzt, verdammt noch mal, völlig bescheuert, kannst du nicht einfach sagen, he, bei dir steht noch ein Karton, ist es in Ordnung, wenn ich den abhole, wann würde es dir passen?* Dass du also zu gehen beginnst, in den Wald, denn hier gibt es nichts als Wald (und Heide und Sumpf, wir wollen die Heide und den Sumpf nicht vergessen), und du gehst und gehst, einen Fuß vor den anderen, den anderen vor den einen (*a poor lonesome cowboy*), und du gehst und gehst, es ist egal, alles ist okay, alles ist prima, und nach einer Weile weißt du nicht einmal mehr, wo du bist und wie du hier gelandet bist, an diesem Punkt in deinem Leben, in deiner Geschichte als Mensch, »dieses kurze Aufflackern zwischen der Finsternis, aus der du kamst, und der Finsternis, die dich erwartet«, an diesem Ort, wo der Wald aufhört und die Leere sich entfaltet, ein widerspenstiges und karges Naturschutzgebiet, wie Joyce auf spröde Art attraktiv, wie Joyce, womit du sagen willst, dass du aus ihr nicht schlau werden konntest, obwohl du nichts lieber wolltest als das, zum Beispiel: Wenn ihr es getrieben habt (wie sagt man?), dass es dann manchmal war, als hieltest du nichts in den Armen, eine mandeläugige Schöne mit einem Gesicht wie der Mond und Brüsten wie Lämmer, die unter den Lilien weiden, Augen wie betaute Trauben und einem Mund von Honig, ein Traum, der sich in deine Arme schmiegt und dich vergessen lässt, was es ist, das Leben (dieses kurze Aufflackern und so weiter), die Welt, ihr, das heißt, was du bist und was sie ist, dass es keinen Unterschied mehr zwischen ihr und dir gibt, dass du nicht mehr weißt, wo sie anfängt und du endest, sie in deinen Armen, du in ihren Armen, und du bewegst dich, und die Welt bewegt sich ... *under us all moved, and moved us, gently, up and down, and from side to side ...* und plötzlich, wenn der Moment gekommen ist, in dem zwei aufhören zu existieren und im Begriff sind, eins zu werden, da löst sie sich auf, und mit einem Mal ist da Leere und das Bewusstsein dessen, was du da gerade machst, dass du auf einem anderen Menschen liegst, dass du ein Knäuel von Gliedern bist, ein Ringen, Kissen, die sich einmischen, Laken, die nach deinen Beinen greifen, das Radio der Nachbarn ... *ist es lange her, ist es lange her ...* dein abgeknicktes Handgelenk, ihre leeren Augen, ihre ins Nichts starrenden Augen, oder vielleicht schauen sie ja nach innen, auf eine Stelle in ihrem tiefsten Inneren, eine Stelle, an die du nicht gelangen kannst, an der du aber sein willst, denn du willst wissen, wer sie ist, wer das ist, der hier in deinen Armen liegt und dies mit dir macht, aber auch sehr klar ohne dich, und du sagst *woran denkst du?* und sie sagt *an nichts*, und das kannst du dir nicht vorstellen, denn du bist zu einer griechischen Skulpturengruppe von Lust und Verlangen und Begierde verschmolzen, und dann muss es doch so etwas geben wie: Was will ich von ihm/ihr, was will sie/er von mir, was bin ich für sie/ihn und was ist er/sie für mich, also fragst du, was sie empfindet, wenn sie an nichts denkt *Lust, Wut, Freude, Geilheit, was weiß ich* und sie sagt *Geilheit, glaube ich* und du denkst *glaube ich?* denn Geilheit ist nicht vage, Geilheit ist klar, wenn irgendwas klar ist, dann Geilheit, du sagst *was empfindest du, wenn wir miteinander schlafen?* (wie sagt man?) und sie runzelt die Stirn, denn Joyce redet nicht gern über diese Dinge – du hast sie mal nach ihren Fantasien gefragt, und es hat drei Jahre gedauert, bis darauf eine Art Antwort kam, und es war nicht so sehr eine Fantasie, sondern ein Plan, wie man dabei vorgeht ... wie es war, wenn ihr es triebt, das hast du gefragt, und sie sagte so etwas wie *na ja, normal* und du denkst *normal?* normal ist, wenn ein Katholik die heilige Messe beschreibt als »ein Stück Brot und ein Schluck Wein«.

Vielleicht ist es das: dass du Kommunion wolltest und sie Brot und Wein.

Dass es also ein Ende gab, das anfing, und einen Anfang, der endete, und dass du nicht wusstest, dass er endete, dass er zu enden begann, das heißt an jenem Abend, vor fünf Monaten, Mai, sie auf der Couch dir gegenüber, das sinkende Abendlicht hinter ihr, und sie, die sagt, dass sie nicht glücklich sei, und du, der fragt, was sie damit meine, und sie wendet das Gesicht ab, eine bleierne Stille (*This boat is sinking ...*).

Du bist der Buddha, und du sitzt im Zimmer und

lauschst den Geräuschen der Welt, und die Welt sagt: Das wird nicht gut enden.

»Joyce«, sagst du, »Glück ist nicht so was wie das Wetter, es ist nichts, was dir widerfährt, es ist eine Verantwortung, du bist verantwortlich für dein Glück, für das deiner Liebsten, für das Glück in deiner Beziehung, du kannst es nicht erzwingen, aber du kannst auch nicht dasitzen und darauf warten.«

Ob du nicht ein bisschen Mitgefühl zeigen könntest.

Mitgefühl.

My fucking middle name.

Mein Mitgefühl hängt mir zum Hals raus, Joyce. Dein Ich-bin-nicht-glücklich ist ein Naturphänomen, das sich sechsmal pro Jahr ereignet und jedes Mal mit Mitgefühl und Verständnis bekämpft werden muss und damit, nichts zu sagen, was Joyce nicht gut findet, sonst wird Joyce noch unglücklicher. Ich bin müde, Joyce, verdammt bis-zum-Ende-der-Welt-gelaufen-und-zurück-müde. Meiner selbst müde. Meines Mitgefühls. Deines Unglücks. Ja, auch deines Unglücks, und dafür schäme ich mich, dass ich deines Schmerzes müde bin, deines Unglücks, all dessen, was nicht geheilt werden kann, des immer wieder mit meinem Erste-Hilfe-Köfferchen Angeranntkommens wo blutet es? *um zu entdecken, dass es nirgends blutet, das heißt nicht da, wo ich hinkomme, nicht da, wo ich hindarf. Joyce, du hast keine Ahnung von meiner Ohnmacht, von meiner Unfähigkeit, von der Schuld, die ich empfinde, der Schuld wegen meiner Unschuld und meines Nichtglaubens an meine Unschuld.*

Aber das sagst du nicht.

Du siehst sie an, und du weißt, ohne zu wissen, warum du es weißt, was jetzt kommt und dass du daran nichts ändern kannst oder dass du vielleicht schon etwas daran ändern kannst, es aber nicht mehr willst, weil du die Kraft nicht mehr aufbringen kannst, zum hunderttausendsten Mal jenes Verständnis zu zeigen, das der Leim ist, der dies, dich-sie-euch, zusammenhält. Ein Zug in der Ferne, und du stehst auf dem Gleis, und obwohl du weißt, du kannst dich bewegen, von diesem Gleis herunterbewegen, kannst du es nicht. Du starrst wie gebannt auf diesen Zug. Nein, anders.

Ich bin ein Kaninchen im Licht deiner Scheinwerfer, Joyce.

Aber das sagst du nicht.

Stattdessen sagst du *was willst du?* und sie sagt *von dir weg.*

So.

So verläuft er, der Anfang vom Ende, das Ende vom Anfang, das Ende vom Ende. Du hast geschaut, du hast gelauscht, du hast gesehen und gehört, und jetzt, aus heiterem Himmel an einem Freitagabend im Mai, ist die Apokalypse da. Du warst der erste Mensch, Mann und Frau, Frau und Mann, im Paradies, Hand in Hand inmitten all dessen, was erst noch einen Namen bekommen musste und neu war und fremd, die Vögel, die Tiere des Feldes, die Wolken und die Berge, das endlose Meer. Du lebtest in dem Raum zwischen Anfang und Ende und dachtest *alles ist* du dachtest, dass alles so war, wie es sein sollte, aber hier ist jetzt der Reiter auf dem fahlen Pferd, und du fragst dich, was dieses Mal anders ist als all die anderen Male, warum das Schwert diesmal doch fällt und all die vorigen Male nicht, und während das Gespräch – die paar Sätze, die du, wenn dies alles vorbei ist, als »Gespräch« bezeichnen wirst –, während dir das durch den Kopf geht, dringt es zu dir durch. Warum jetzt auf einmal. Warum all die anderen Male nicht.

Ver-ant-wor-tung.

Dieses Wort.

Es war immer da, es schlummerte wie eine Schlange auf dem Boden des tiefen Brunnens eurer Beziehung, und jetzt, da ihr Name genannt wurde, ist sie erwacht, sie hat sich aufgerichtet und ihre Zähne gezeigt, und bevor du *scheiße* sagen kannst oder *shit* oder *fuck* oder *verdammt noch mal*, ist es passiert.

Am Anfang ist das Wort, und das Wort ist der An-
fang, und am Anfang ist das Ende, das Ende des An-
fangs, das Ende des Endes, das letzte Wort.
Amen.

All die Male, die du sie mitten in der Nacht hast
aufstehen hören, barfuß durch die Dunkelheit, die
Treppe hinunter, nach unten, wo sie in der Finsternis saß und vor sich hin starrte, alles Blei, Tinte im
Kopf, und du, der oben lag und wartete, und wenn
sie dann endlich zurückkam und sich auf ihre Bettseite legte, tatest du so, als würdest du dich im Schlaf
zu ihr hindrehen, versuchen, einen Arm unter ihren
Kopf zu schieben, eine Hand auf ihre Hüfte zu legen, und du spürtest, wie kalt sie war (innerlich?
äußerlich?), und sie drehte sich von dir weg, bis fast
an den Rand des Bettes, und dann lagt ihr da in dieser hohlen Finsternis, sie allein, du allein, alle beide
allein.

Joyce …

Aber das sagst du nicht, an jenem Freitagabend
im Mai *ist es lange her, ist es lange her*, stattdessen
schaust du zu, wie sie das Zimmer verlässt und nach
oben geht, und du starrst auf die dunklen Fenster
und fragst dich, was das ist, »nicht glücklich sein«.
Was das bedeutet und warum das nicht definiert
werden kann. Warum nie festgestellt werden kann,
was »nicht glücklich sein« nun genau beinhaltet.

Warum das irgendwie ausreichen soll, um die Tür zum Mitgefühl aufzuschließen. Warum du Mitleid empfinden sollst wie ein Hund, der beim Läuten der Essensglocke zu sabbern beginnt. Nicht, dass du an ihrem Kummer zweifelst. Aber du verstehst nicht, warum ihm nicht abgeholfen werden kann. Oder, vielleicht besser: warum ihm nicht abgeholfen werden darf. Denn trotz all deines verfluchten Mitgefühls und trotz deines Mundhaltens, wenn du etwas sagen willst, aber dir überlegst, dass es sie unglücklich macht, trotzdem hat sich nie etwas geändert. Tief in ihr flüstert eine Stimme, die sie nicht hören will, die sie nicht hören kann, weil sie Angst hat vor diesem Klang, was passiert, wenn sie darauf hört, sie in ihrem von Gestrüpp überwucherten Schloss, eine Burg, aus der nichts entkommen kann, die für alles, was von außen naht, nicht zu durchdringen ist, in der alles den tiefen Schlaf des Vergessens schläft, und du der Chevalier Mal Fet, der sich einen Weg durch den Wald der Dornenbüsche hackt und … Dass du ihren Kampf führtest, das meinst du, dass du hineinwolltest, aber sie nicht hinaus, dass deine Beziehung zu ihrem Unglück inniger war als die mit ihr und dass ihre Beziehung zu ihrem Unglück möglicherweise mehr Bedeutung hatte als die mit dir, dass sie eigentlich gut aufgehoben war in ihrem Schloss mit der Dornenhecke.

Eine Frage.

Eine Frage, die du vielleicht viel früher hättest stellen müssen.

Warum hast du es nicht aufgegeben? Warum hast du dir nicht früher überlegt, dass du den Kampf, den sie nicht führt, nicht gewinnen kannst? Liebe? Hier, mit dem Eisengeschmack *a love like blood* von Unglück in deinem Mund, neigst du dazu zu sagen, dass die Liebe bereits vorbei war, aber das ist Quatsch, denn du brauchst nur an ihr Gesicht zu denken, an die Momente, in denen du sie glücklich machen konntest, zumindest zum Lachen bringen konntest (ihr Mund, ihre Augen, mein Gott … ihr Mund, ihre Augen), und dann weißt du, dass das nicht stimmt. Aber was war es dann? Wenn du sie nicht kennen konntest, wenn du immer nur die Idee hattest, dass sie nicht war, wo sie war, was sie war, was war dann die Liebe? Ist es wie mit dem Kind, das geschlagen wird, das nicht versteht, warum, und trotzdem die Hand weiterliebt, die es berührt? Weil auch das, eine Hand, die dich berührt, Kontakt ist? Weil du noch nicht verlassen bist, wenn diese Hand dich noch berühren will? Bist du mit ihr unglücklich geworden, weil ihr so immerhin auf irgendeine Weise zusammen wart? (Du wartest in deinem Zimmer, bis die Schritte auf der Treppe zu hören sind und die Tür aufgeht, dein Vater, der hereinkommt und seinen Gürtel abnimmt und sich auf dein Bett setzt und dich, ohne etwas zu sagen, nur mit einer

Geste dazu bringt, dass du dich über seine Beine beugst, und du, der du nicht weißt, warum du diese Strafe verdient hast, dich ihr aber unterwirfst, weil sich nichts dagegen machen lässt, nicht nur weil du klein bist und er groß, du jung und er alt, sondern vor allem weil kein Zweifel an der Strafe besteht, auch wenn du nicht weißt, warum, und so weiter und so weiter, und dass du zwar heulst, nicht so sehr wegen des Schmerzes, den du jetzt spürst, sondern eher vor Erleichterung, weil die Unsicherheit jetzt ein Ende hat *geh du schon mal hinauf und warte auf deine Strafe* und wir jetzt wieder zu dem schwankenden Gleichgewicht zurückkehren können, das du Jahrzehnte später hartnäckig als »eine normale Jugend, Mevrouw, mein Unglück hat nichts mit meiner Jugend zu tun …« beschreiben wirst.)

Ja, auf der Couch dir gegenüber, das sinkende Abendlicht in den Scheiben hinter ihr, nichts Besonderes los, ein Abend wie alle anderen, ein Nichts-Besonderes-los-Abend, *tralalalala*, und du, der fragt, warum sie so still sei, und sie, die sagt, dass sie nicht glücklich sei, und deine Gedanken *was um Himmels willen ist passiert, warum sagt sie … habe ich … was habe ich …* Eine Erinnerung, die immer wieder auftaucht. Wie ein sägender Schmerz, der manchmal für kurze Zeit vorbei zu sein scheint und dann wieder einsetzt. Und man kann nichts dagegen tun. Wenn es nicht die Erinnerung selbst ist, dann doch die Erinnerung an die Erinnerung. Oder die Erinnerung an die Erinnerung der Erinnerung. Die Erinnerung der Erinnerung der Erinnerung der Erinnerung. Das Abendrot, und sie sagt *ich bin nicht glücklich* und du siehst sie an, und das schwarze Wasser der Verzweiflung sinkt in dich ein, du sagst ... Nein, das sagst du nicht. Du sagst etwas anderes. *Verantwortung.* Und was du eigentlich sagen wolltest und dass du es nicht tatest: dass sie verdammt noch mal aufhören soll zu leiden *du hast eine Scheißjugend gehabt, ich habe eine Scheißjugend gehabt, eine Scheißjugend ist das, was wir gemeinsam haben, du, ich, jeder, they fuck you up, your mom and dad, they may not mean to, but they do, it's life, Jim, but not as we know it, das Leben ist eine Scheißjugend, das Leben ist nicht nett, es ist nichts, niemand hat versprochen, dass es schön sein würde, also take what you need and be on your way and stop crying your heart out.* Du bist unglücklich, Joyce? Und wie war das dann, als wir Hand in Hand durch den Vondelpark gingen, Herbst, und alles goldgelb und braun und rot, das Wetter mild und wir mild, und da, mitten auf dem Weg, deine Arme unter meinem Mantel, meine Arme um deine Taille, dein Gesicht nach oben gewandt, und wir küssten uns, die Sonne scheint, es riecht nach Humus, Hunde rennen hinter aufwirbelnden Blättern her, Kinder radeln vorbei, die junge Frau, die auf uns zukommt und sagt *ich habe ein Foto von euch gemacht, wie ihr da standet und euch geküsst habt, es war wie eine Hallmark-Karte, soll ich es euch schicken?* und wir sehen uns an, und mein Gott, ich bin glücklich, dass die Welt uns sieht, Menschen, die sich mitten auf einem Spazierweg küssen, und die Frau schickt ihr Foto, und du bedankst dich, und wir gehen weiter, Arm in Arm, eine lebende Ansichtskarte LOVE IN AUTUMN. *Letzte Woche, Joyce! Vor sechs Tagen! Die Hallmark-Karte, die wir waren. Und jetzt bist du unglücklich? Wieso unglücklich, verdammt noch mal? Du meinst das Unglück, das du selbst verursacht hast!* Denn an jenem Nachmittag, nach Hause gekommen von dem Spaziergang und noch glühend von dem Bewusstsein deines Glücks (*Glück, Joyce!*) wird geküsst, und Knöpfe werden aufgeknöpft und Reißverschlüsse aufgezogen, und du stürzt auf die Couch, du leckst ihre Lippen, sie leckt dein Kinn, du streichelst ihre Oberschenkel, sie streichelt deinen Kopf, deine Zunge über die Innenseite ihrer Schenkel, und du leckst sie, und es dauert nicht lang, dann wölbt sie den Rücken, eine Hand auf deinem Kopf und *oh* und *ah* und *hmmmmm* und *ja* und dann, als du in sie eindringst und sie die Augen schließt und leise seufzt, siehst du sie an, mein Gott, du liebst sie, die Liebe zu ihr strömt wie ein träger Wasserfall durch dich hindurch und aus dir heraus und rings um dich, wenn jemand dich jetzt sähe, dann wärst du nackt, und du schwebtest, und aus deinen Augen und Ohren und aus dem Mund und aus deinen Händen und Füßen, aus all deinen Poren: Liebe, deine Liebe zu ihr eine vielfarbene Ausgießung des Heiligen Geistes, Nirwana. Liebe ist du, du bist Liebe, Liebe ist um dich, und du, der Buddha der Liebe, sagst *mein Gott, ich liebe dich* ihr schwimmt im kaleidoskopischen Nichts, Sonnenstäubchen in der Sommerluft, keine Körper mehr, nur Wolken von Atomen und Neuronen und Protonen und Elektronen und

sie öffnet die Augen, und sie sieht dich an, und ihr Blick, mit einem Mal ist ihr Blick leer. Als wäre sie verschwunden.

ich … dich …

es ist weg, Joyce ist weg, die Hallmark-Karte der Liebe »Zwischen Herbstlaub und sich verfärbenden Bäumen«, die vielfarbene kaleidoskopische nukleare buddhistische Halluzination des EIN UND ALLES UND ÜBERALL UND WIR

du sagst *was ist?* und sie windet sich unter dir hervor, und anstatt hitziger Liebender, die es nicht erwarten können, sich gegenseitig aufzufressen, seid ihr plötzlich zwei verlegene Menschen in zerknautschten Kleidern, sie, die sich die Bluse zuknöpft und ihren Slip unter der Couch findet, und du mit der Hose, die auf deinen Schuhen liegt, und du siehst dich selbst, als stündest du am anderen

Ende des Zimmers und betrachtetest all dies: einen Mann, der seine Frau will, eine Frau, die sich anzieht und aufsteht, den Mann, der sagt, nein, denkt *was ist los, was um Himmels willen ist los?* ihren Rücken, der aus dem Blickfeld verschwindet.

Ist es lange her, ist es lange her, dass du sagtest, ich bin so ...

Schritte, Türen. Joyce, die noch da ist und nicht mehr da ist. Du, der hier ...

Dass du gehst und gehst, einen Fuß vor den anderen, den anderen vor den einen, unter einem aschgrauen Regenhimmel, durch den Wald, über die Heide, durch Bilder, die in deinem Kopf auftauchen wie manchmal am Morgen ein Lied beim Erwachen, ein Lied will nicht verschwinden *ist es lange her, ist es lange her,* die Vergangenheit, die über der Gegenwart liegt, die Gegenwart über der Vergangenheit ... Der Anfang. Das Ende. Wie der Anfang anfing, wie das Ende endete, jedenfalls alles durcheinander, und währenddessen schnurgerade Brandschneisen, die Parzellen mit Tannen voneinander trennen, Bäume, die im gleichen Abstand zueinander gepflanzt worden sind, alle ungefähr gleich groß, alle gleich gerade, Natur und dennoch Ordnung, ein Ort, um Struktur im Chaos des Lebens zu finden, in diesem Moment, dem Moment, in dem etwas angefangen und etwas geendet hat ... *ticketack all die Nächte ...* ein matschiger Weg, Sumpf links, dann wieder Heide, rechts morsche, verfaulende Birken, jedenfalls tot, Nieselregen, der einfach nicht aufhören will ... *hab ich auf dich gewartet* ... in der Ferne ein rostbrauner Haufen Hochlandrinder ... *die Zeit war um* ...

Mitten auf dem Weg ...

... wie ein fauler Zahn, als wäre etwas vom Himmel gedonnert, als wäre Elias himmlischer Streitwagen wie eine Fackel herabgestürzt ...

Ein ausgebranntes Auto.

Auch das noch.

Was jetzt? Umdrehen *hab nichts gesehen, hab nichts gesehen, hab irgendwo anders hingeschaut* die Mittagspause ist fast um, bestimmt kommt hier jemand vorbei ... ein Förster ... Spaziergänger ... Oder ... Bürgerpflicht? Ver-ant-wor-tung?

Ein vager Geruch von Plastik und Öl, als ich näher komme. Als würde eine Grenze überschritten, eine Trennlinie zwischen dem einen und dem anderen, zwischen der Welt, in der Männer in ihrer Mittagspause über das Ende der Liebe nachgrübeln, und einer anderen Welt, in der Menschen Autos in einem Naturschutzgebiet stehen lassen und anzünden.

Von den Reifen ist nichts übrig. Das Fahrgestell berührt beinahe den Boden. Die Erde ist schwarz verbrannt im rußigen Dunkel unter dem Wrack. Ein satter erdiger und zugleich chemischer Geruch von

Dieselresten, verbranntem Gummi und geschmolzenem Plastik.

Warum? Warum hier? An dieser gottverlassenen Stelle? Man muss die Landstraße verlassen, auf einen Weg zwischen einem Acker auf der einen Seite und dem Waldrand auf der anderen biegen, danach, tief zwischen Nadelbäumen, auf einem kleinen Waldweg bis hierher: ein sumpfiges Gebiet, in dem meist nur dieses Stück trocken ist. Ein wenig besuchter Ort. Kaum Spaziergänger. Kein Ort für Liebespaare. Ein Ort, den man sucht. Kein Ort, den man findet.

Ich greife zu meinem Handy, beuge mich vor, knie mich hin und leuchte unter den Wagen.

Scheiße.

Ich richte mich auf und sehe mich um. Die Welt atmet aus. Das Mau-mau eines fernen Bussards. Wind, der die Baumkronen streichelt. Darunter: Stille.

Der buddhistischen Tradition zufolge gibt es fünf Geräusche.

- Das wundersame Geräusch.
- Das Geräusch desjenigen, der die Welt wahrnimmt.
- Das Geräusch des Brahma.
- Das Geräusch der steigenden Flut.
- Das Geräusch, das alle weltlichen Geräusche übersteigt.

Letzteres ist das Geräusch der Vergänglichkeit. Das Geräusch der Stille. Was viel ist, kompliziert, gekünstelt, grell, übertönt dieses Geräusch. Doch wer richtig lauscht, kann es trotzdem hören. Sogar im Lärm. Es ist immer da. Es ist klar. Es ist einfach. Es ist vielleicht nicht einmal ein Geräusch.

Aber jetzt ist nichts da. Ich lausche der Welt, und die Welt hält den Mund.

Nein, anders.

Die beklemmende Leere von etwas, das ich von ganz früher kenne und das sich jetzt aufgerichtet hat und das Maul öffnet.

Ein Streifenwagen mit zwei Beamten trifft ein. Der eine inspiziert das ausgebrannte Auto, der andere stellt sich neben mich, um ihn eine Wolke von Sprechfunkgequatsche.

»Was sagten Sie, von wo sind Sie gekommen?«

Ich deute in die Richtung des Waldes, zum kaum sichtbaren Glanz der Glaskonstruktion, die man über der ehemaligen Kommandantenwohnung errichtet hat.

»Was haben Sie dort gemacht?«

»Eine Ausgrabung. Ich bin Archäologe.«

Bevor er fragen kann, warum Archäologen in Gottes Namen auf dem Lagergelände graben, wühlt sich ein zweiter Wagen vom Wald her durch den Sumpf.

»Das werden die Herren sein«, sagt der Polizist.

Die Beifahrertür öffnet sich, und eine schmale junge Frau steigt aus. Pechschwarzer Pferdeschwanz, dunkelblaue Hose und eine von diesen zu kurzen Jacken, die noch keine Frau schöner gemacht haben. Sie kommt über den matschigen Weg auf uns zu, nickt dem Polizisten zu, streckt die Hand aus.

»Mijnheer Hagenau? Mein Name ist Sital. Sie haben also das Auto gefunden. Wollen wir am Anfang anfangen?«

Am Anfang …

Mevrouw ist ein großes Wort. Sie ist so klein und schmal, dass man geneigt ist, von einem Mädchen zu sprechen. Was nicht nur fehl am Platz wäre, sondern auch im Widerspruch zu der Aura von Professionalität stünde, die sie umgibt.

»Warum haben Sie unter den Wagen geschaut?«

»Ich bin Archäologe.«

Sie beschließt, diese Bemerkung zu überhören.

»Sie konnten doch nicht wissen, dass jemand unter dem Wagen liegt, oder?«

Nein, konnte ich nicht. Soll ich ihr jetzt erklären, dass das Unsichtbare die Essenz der Archäologie ausmacht? Dass man meist nur, wie sie das nennen würde, »circumstantial evidence« hat und davon ausgehend die Idee entwickelt, dass es dort etwas geben kann, was man untersuchen muss? Dass man im Grunde nach etwas sucht, von dem man nicht weiß, ob es überhaupt da ist? Dass man das Unsichtbare sehen will? Schliemann, der während der Ausgrabungen in Hisarlik von Troja träumt und an der Stelle zu graben beginnt, die er im Traum gesehen hat, und den Mythos findet. Es ist eine romantische Geschichte, und natürlich läuft es nicht so oder zumindest nicht mehr so, aber es steckt ein Kern von Wahrheit in diesem »Ich habe geträumt, dass es dort ist«. Der Traum ist das Kind und die Realität die Mutter.

Oder andersherum.

»Nein«, sage ich. »Ich war …«

Was soll ich sagen? Meine Frau hat mich verlassen, und ich weiß nicht, warum, außer dass sie nicht glücklich ist, und ich begreife nicht, warum sie nicht glücklich ist und warum wir nichts dagegen tun können, warum diese Feststellung (dass sie nicht glücklich ist) der Anfang und das Ende ist und was das eigentlich mit Liebe zu tun hat *oder glaubst du vielleicht, dass ich glücklich bin, Joyce? glaubst du vielleicht, dass Glück der normale Daseinszustand ist, dass das der Sinn des Lebens ist, dieser fucking pursuit of happiness, die Fehldeutung, auf der verdammt noch mal ein ganzes Land gründet, diese Wahnvorstellung, die das Elend namens Amüsement hervorgebracht hat, dieses Opium fürs Volk, das den Rausch erzeugt, durch den wir nicht mehr daran denken, was das Leben wirklich ist, das heißt eine kurze Reise vom Dunkel ins Dunkel, glaubst du nicht, dass ich, auch wenn ich nicht glücklich bin, dich trotzdem liebe, denn Liebe existiert nicht deswegen, weil alles hübsch und schön und wundervoll ist, sondern trotz allem, was nicht hübsch und schön und wundervoll ist?* soll ich sagen, dass ich deshalb spazieren ging, dass ich deshalb, als ich dieses Auto fand, zu meinem Handy griff und mit dem Licht ... weil ich nichts Besseres zu tun hatte? Weil ich Ablenkung suchte? Weil ich nicht an sie denken wollte? Dass ich trotzdem an sie dachte? Weil ich mich fragte, warum sie eine leere Hülse von einer Frau war, wenn wir vögelten (wie sagt man?), außer wenn es merkwürdig oder verboten oder gefährlich schien? Habe ich mit meinem Handylicht unter dieses Auto geleuchtet, weil ich mich daran erinnerte, dass wir vor dem Fenster Sex hatten, sie über die Rückenlehne der Couch gebeugt, ich hinter ihr, meine Hände auf ihren Hüften, der wogende Hintern in meinem Schoß, etwas von mir, das in etwas von ihr verschwindet, und draußen die Leute auf der Straße, vorbeifahrende Autos, Jungs auf dem Fußballplatz gegenüber? *Mein Gott, wie ich mich nach dir sehne, Joyce, nach deinen Armen, nach deinem Körper, mich sehne, zu Hause zu sein in deinen Armen, zwischen deinen Beinen ... der schwelende Hunger, die Einsamkeit dieses Hungers, die Scham ob dieses Hungers ... die Schuld ... dass ich wie ein*

Bettler … dass ich Fotos von dir betrachte und es in meinen Hoden spüre, es regnet in mir, mein Kopf ist gesenkt … wende deine Augen von mir, denn sie verwirren mich … *mein Körper ruft dich …*

Mevrouw Sital, ich kann es nicht sagen, es ist unmöglich, Ihnen klarzumachen, dass ich, während ich auf diesen Wagen starrte, der da schief auf dem Weg stand, leicht eingesunken, schwarz wie Kohle, rußschwarz, schwärzer als schwarz, ein ausgebranntes Gerippe, dass ich dachte …

Wie, Mevrouw Sital, kann ich Ihnen erklären, dass ich dachte: Das bin ich?

Aber das sage ich nicht.

»Warum dachten Sie, es läge etwas unter dem Wagen, Mijnheer Hagenau? *Dachten* Sie, es läge etwas unter dem Wagen?«

»Nein.«

Sie sieht mich an.

»Wissenschaftliches Interesse?«, sage ich.

Im Ton eines Kindes, das einer Erwartung entsprechen möchte. Ist das richtig? Ist das die Antwort, die Sie hören wollen?

Ich frage mich, ob ich Joyce über der Rückenlehne der Couch aus Neugier vögelte (wissenschaftliches Interesse?), um herauszufinden, was los war, wer sie war, warum sie dann doch da war, warum sie erst dann da sein konnte, wenn sie mich nicht sah und die Straße und die Autos und die Leute schon, warum ich eigentlich immer alles wissen muss und den Mund nicht halten kann, warum ich unter ausgebrannte Autos schaue und zu meiner Frau sage, dass Glück kein Naturphänomen ist.

»Da haben Sie bestimmt einen Schreck gekriegt«, sagt sie.

Angesichts eines verkohlten Arms, einer Hand wie ein verbranntes Reisigbündel? Ich habe mehr Tote ausgegraben, als sie je gefunden hat. Viertausend Jahre alt, hockend, auf der Seite, den Kopf nach Osten, eingeäschert und in einen Topf gestopft oder in einem mit Steinen eingefassten Grab liebevoll bestattet, versehen mit Grabbeigaben, oder erwürgt und, den Strick noch um den Hals, in ein Moorloch geworfen. Ich bin nicht erschrocken. Ich erschrecke über nichts. Über das Unglück des anderen, vielleicht. Aber das ist dann auch das Einzige.

Aber das sage ich nicht.

Stattdessen denke ich an den Ordner im Computer, der »Joyce« heißt, vierhunderteinundzwanzig Fotos, ihre Augen und die moosgrünen Sprenkel darin, die Wölbung ihrer rot geschminkten Lippen, die Rundung ihrer Wangenknochen, die Linie ihres Unterkiefers, das modisch verwuschelte schwarze Haar, vierhunderteinundzwanzig Fotos, die du nicht wegwerfen kannst, weil du dich nicht von ihren Augen losreißen kannst, weil du in diesen Augen suchst, was vielleicht nicht da ist, wonach du aber weiter fahndest *hallo, bist du da, was geht in dir vor, warum schaue ich in deine Augen und denke: Wo bist du?* Ein Verlangen, das kein Verlangen nach der ist, die sie ist, weil du nicht weißt, wer sie ist, sondern ein Verlangen nach dem, was sie ist (aber du weißt auch nicht, was sie ist). Du blickst auf ihr Gesicht, du starrst in ihre Augen, und da schwelt eine Lust, die du nicht verspüren willst, denn du willst sie vergessen, du willst ihren Namen vergessen, du willst vergessen, dass du mit ihr zusammen warst, vergessen, dass du vergessen musst, vergessen, dass du etwas vergessen hast, und währenddessen breitet sich die Lust in deinem Körper aus, du siehst sie an *sieh mich an, Joyce* alles, was du nicht willst, alles, was du willst, was du löschen willst und was immer wieder zurückkehrt, ein unaufhörlicher Strom von Verlangen und Lust und Hin und Her, Ebbe und Flut und Tag und Nacht ... *ticketack all die Nächte ...* eine Frau, die du begehrst mit der Gier des Ausgehungerten, eine Frau, die du berühren willst, in jedem Augenblick des Tages, du brauchst nur in diese großen dunklen Augen zu schauen, auf dieses unordentliche schwarze Haar, den Mund, und deine Arme strecken sich aus, um sie zu umarmen, ihr Körper an deinem, dein Körper an ihrem, die Wärme, das Runde, das Weiche, der Duft ihres Halses, deine Nase in ihrem Haar, ihre Zunge in deinem Mund, deine Lippen auf ihren

33

Augen. Nein. Du musst vergessen, alles vergessen, vergessen, bis alles leer ist, bis du leer bist *tayatha gate gate paragate parasamgate bodhi soha* alles ist von sich aus leer, sie ist leer, und du bist leer, und in der Leere lebst du, was ihr seid, ist in der Leere, was ihr wart, lebt in der Leere, aber dort, auf dem Bildschirm: Augen, die du besser kennst als deine eigenen Augen, ein Blick, den du kennst wie keinen anderen, Lust, Verlangen …

Auf einmal siehst du etwas, *a great disturbance in the force*. Irgendetwas stimmt nicht. Keine Ahnung, was. Wie ein Wort, das man plötzlich nicht erkennt, ein Wort, das man täglich benutzt, aber jetzt versteht man es nicht, es steckt einem im Mund und will nicht heraus.

Was ist los?

Und dann, aus heiterem Himmel, urplötzlich, siehst du …

… dass es in keinem der Augenblicke, in denen die Kamera sie überraschte, ein Lächeln gibt, dass dieses Lächeln offenbar nur da war als eine Art Wunschkonzert, du zückst deine Kamera (dein Telefon), sie lacht.

Vierhunderteinundzwanzig Fotos, die summende Lust von früher (von immer). Du hast nicht gesehen, jetzt nicht, früher nicht, all die Jahre nicht, in denen ihr zusammen wart und du Fotos machtest, dass du eine unglückliche Frau porträtiert hast, die der Erwartung zu entsprechen versucht, die die Liebe schafft (Glück! Freude!), die aber in unbeobachteten Momenten nicht da ist, das heißt nicht da, wo der Fotograf denkt, dass sie ist, die es vielleicht überhaupt nicht gibt, vielleicht nie gegeben hat, vielleicht nur weil du es dachtest, weil du es wolltest.

Du schaust unter das Wrack der Liebe und entdeckst eine Leiche.

Eine Frage, die weit zurückreicht. Eine Frage, die sich bis ganz zum Anfang erstreckt, als du und sie neu wart, die ersten Menschen, Hand in Hand in einem Eden, das nur für euch existierte.

Wo war sie?

Joyce?

Wo bist du?

In der Ferne kommt eine Frau in einem langen weißen Regenmantel aus dem Wald. Ganz kurz ein Moment des Wiedererkennens/Nicht-Wiedererkennens, aber dann, ja, unverkennbar. Jahre nicht gesehen, und da schwebt Esther Matulessy als Geist von vorgestern über den schlammigen Weg. Ihr Mantel bespritzt, hinter ihr zwei junge Männer, die sich mit einem Stativ abmühen, einem Rucksack, in den ein kleines Kind passt, und zwei Metallkoffern.

»Samuel Hagenau!«, ruft sie, während sie näher kommt. »Mein Gott. Was machst du hier?«

Ich zucke mit den Achseln, während die Kriminalbeamtin Sital fragt, wo ihr Wagen stehe.

»Festgefahren, dahinten.«

»Zum Glück hast du Träger«, sage ich.

Esther grinst. »Ich kann dir gar nicht sagen, wie viel Genugtuung das schenkt.«

»Ihr kennt euch?«, sagt Sital.

»Wir sind in dieselbe Schule gegangen«, sagt Esther. »Als unsere Zukunft noch nicht hinter uns lag.«

»Die Leiche befindet sich unter dem Wrack«, sagt Sital. »Mijnheer Hagenau hat sie entdeckt.«

»Na, das hast du ja wieder prima hingekriegt, Mijnheer Hagenau«, sagt Esther. »Haben wir schon eine Identität?«

Sital wirft rasch einen Blick zur Seite, zu mir, und beschließt dann offenbar, dass es nicht schaden kann, wenn ich höre, was sie jetzt sagt.

»Das Auto wurde vor einer Woche einer pensionierten Krankenschwester gestohlen, die die Schlüssel unter Bedrohung von etwas hergab, was nach ihrer Beschreibung genauso gut ein Stück Seife sein könnte wie eine Pistole. Zwei Tage später wurde es bei einem Banküberfall gleich hinter der Grenze benutzt.«

»Polen?«, sagt Esther. »Bulgaren?«

»Ich glaube nicht, dass es Polen oder Bulgaren sind«, sagt Sital. »Der Zeugin zufolge sprachen sie fließend Deutsch und sahen auch so aus.«

»Wie fließende Deutsche?«

Sital sieht Esther an und zieht eine Augenbraue hoch. Esther geht zum Auto. Sital greift zum Telefon, den Blick fest auf mich gerichtet.

Ich bin schätzungsweise zehn Jahre älter und vielleicht dreißig Zentimeter größer, aber ich fühle mich, als würde ich im Büro des Direktors stehen und auf meine Strafe warten. Ich beginne zu verstehen, warum Leute Dinge gestehen, die sie nicht getan haben, warum Leute um Vergebung für eine Tat bitten, die sie nicht begangen haben. Oder warum *ich* das so empfinde, warum ich die Ursache dessen bin, was schiefgeht. Eine verkohlte Leiche unter einem ausgebrannten Auto. Eine Frau, die unglücklich ist. Und weiß der Himmel was noch.

Esther hat einen weißen Overall angezogen, blaue Handschuhe und Überschuhe. Sie liegt auf einer Plane und untersucht die Unterseite des Autos. Der eine Assistent macht Fotos, der andere hält einen schwarzen Schirm hoch, denn es regnet noch immer sacht. Tropfen fallen auf das verkohlte Wrack, den Weg, die Heide und die großen Riedgrasbüschel, das Totholz neben dem Weg und die verfaulenden Birken weiter hinten. Es ist ungefähr fünf, wirkt aber schon wie Abend. Ein Einsatzfahrzeug ist hinter Esthers Auto stecken geblieben. Am Waldrand hat sich ein Häufchen Leute aus den umliegenden Höfen versammelt. Ein Traktor wurde angefordert, der die festgefahrenen Fahrzeuge herausziehen soll. Scheinwerfer wurden aufgestellt, und unter der schweren Wolkendecke wirkt der Ort jetzt wie ein Guckkasten. Am anderen Ende des kleinen Naturschutzgebiets erscheint der Abschleppwagen, der das Wrack gleich wegbringen wird.

»Er war tot, bevor er in Brand gesetzt wurde«, sagt Esther, als sie sich zu uns stellt.

»Woher weißt du das so schnell?«, sagt Sital.

»Seine Haltung.«

»Du meinst, weil er flach liegt?«

»Er … Sie …« Esther zögert. »… liegt in einer unnatürlichen Haltung. Einer konstruierten Haltung.« Sie runzelt die Stirn. »Auf der rechten Seite.«

»Und die rechte Hand unter dem Kopf?«, sage ich.

Esther sieht mich an und nickt.

»Die linke Hand auf der Hüfte?«

»Woher …«, sagt Esther.

»Sie haben eine flache Mulde gegraben? Da haben sie ihn reingelegt, in dieser Haltung, und dann ist das Auto darübergerollt?«

»So sieht es aus«, sagt Esther. »Woher …«

»Er ist nicht hierhergebracht worden. Er ist hier, an dieser Stelle, gestorben.«

Sie sehen mich an. Mevrouw Sital ist die Erste, die etwas sagt.

»Wie meinen Sie das? Er ist hierhergekommen, um zu sterben?«

Ich nicke.

»Woher …«, sagt Esther.

»Das ist die Haltung des liegenden Buddhas.«

Zwei ungläubige Augenpaare. Esther sieht mich an, schüttelt den Kopf und trottet zurück.

»Woher wissen Sie das?«, sagt Mevrouw Sital. »Das mit der Haltung?«

»Ich lese viel.«

Ein feiner Regen zieht in trägen Schleiern über das Naturschutzgebiet. Die ganze Welt ist nass, und es scheint, als würde es nie wieder trocken werden. Weiter weg, auf dem Lagergelände, hat das Team die Grabungsstätte verlassen. Ich habe angerufen und gesagt, dass ich aufgehalten wurde, dass ich später komme, dass nichts passiert ist, die Dinge, die man eben so sagt, aber jetzt, wo der Tag fast zu Ende ist und ich nicht zurückgekommen bin, scheint es, als wäre ich schon kein Teil mehr von dem, was dort geschieht, als hätte es mich in eine Art Niemandsland verschlagen, eine Vorhölle, in der man einfach abwarten muss, wann man wieder hinausdarf.

»So macht man es in einigen buddhistischen Kulturen«, sage ich. »Wenn die Stunde des Todes naht. Zur Vorbereitung aufs Sterben. Es heißt ›bewusst sterben‹.«

»Gut«, sagt Sital nach einer Weile, in dem Ton, den Leute für Wünschelrutengänger, Hellseher und astrale Harnbeschauer reservieren. »Ich werde Sie noch aufs Revier bestellen, für eine Aussage und vielleicht noch ein paar Fragen. Hagenau. Ist das …«

Mit g. Nicht dem rauen holländischen, sondern dem gutturalen deutschen. Wie der Ort im Elsass am linken Rheinufer, vor vierhundert Jahren von fernen Ahnen verlassen, die alle Hoffnung aufgegeben hatten und nach Amsterdam gewandert waren, wo es ihnen eine Generation lang bestens erging, sie aber danach, wie so oft bei einer Migration, im Bodensatz der Gesellschaft versanken. Genealogische Nachforschungen eines weit entfernten Onkels haben einen bunten Reigen ebenso fragwürdiger wie farbiger Figuren ans Licht gebracht, die man als exzentrisch bezeichnen würde, falls die Hagenaus zur Mittelschicht gehört oder noch höher gestanden hätten. Doch sie baumelten unten, und damit waren es Fantasten, unbequeme, eigenwillige, rebellische Typen. Einer von ihnen war während des Ersten Weltkriegs als Spion im Dienste der Briten in Deutschland verhaftet, dort ins Gefängnis gebracht worden und in einer Zelle gestorben. Es gab so viele Anarchisten, Kommunisten und Wehrdienstverweigerer, dass sie auf der Liste der extremistischen Personen des Zentralen Nachrichtendienstes eine ganze Spalte einnahmen: Hagenau, A., Hagenau, M., Hagenau W. Und so weiter. Schuster, Schneider, Marktleute (viele), hier und da ein Beamter. *Ein* Gymnasiallehrer. Hatten sie einst im eigenen Kreis geheiratet, so suchten sie sich ihre Ehepartner jetzt unter politisch Gleichgesinnten. Die religiöse Hoffnung auf eine andere Welt war (befördert durch zeitweilige Verfolgung) in Enttäuschung erstickt und hatte einem politischen Erwachen Platz gemacht, will sagen: eine bessere Welt schaffen, nicht indem man den Talmud studierte und betete, sondern durch Organisierung der Unterdrückten und Besitzlosen. Bestrebungen, die nicht folgenlos blieben, nur waren nach den vierziger Jahren, als »Die Internationale« endlich durch ganz Europa schallte, nicht mehr viele Hagenaus übrig. Schließlich die Periode von Wohlstand und Freiheit in den sechziger und siebziger Jahren (und sogar noch in den Achtzigern), in denen die letzten Bande mit Glauben, Herkunft und Politik der Eltern und Großeltern durchschnitten und gleichzeitig alte Identitäten wiederentdeckt wurden. Meine Eltern hatten befremdet geschaut, als ich mich plötzlich weigerte, Schinken zu essen. Ob ich mich etwa nach der Stammeskultur zurücksehnte, die sie, nach so vielen Jahrhunderten, endlich hinter sich gelassen hätten. Und ich: Das könne nur dann etwas bedeuten, wenn man dieser Kultur freiwillig abgeschworen habe. Doch meine pubertäre Wiederentdeckung einer Identität hatte nicht weit gereicht. Es war bei dieser einen, ziemlich symbolischen Tat geblieben. Auch die Radikalität meiner Generation hatte mich kaum berührt. Ich war eher einer vom abstrakten Mitgefühl (unterdrückte Völker, hungernde Kinder und so weiter) als vom ideologisch untermauerten Widerstand gegen »Den Staat«, »Die Mächte«, »Den Komplex«. *Und was kommt nach der heutigen Konstellation, wenn alle Institutionen aufgelöst sind?* Das hatte ich einmal gefragt, als eine Gruppe Klassenkameraden (letztes Jahr auf der höheren Schule) die Revolution beschworen hatte. Sie, Mittelschichtkinder, denen nie etwas Schlimmeres widerfahren war, als ein Spielzeug zu verlieren, hatten mich mit einem Blick betrachtet, der aus reiner Ungläubigkeit bestand. Dass ich das nicht wisse. Dass ich so zynisch sei. Aber ich wusste es schon, und was sie zynisch nannten, fand ich eher pragmatisch. Ihr neues Jerusalem, dieser Heilsstaat, dieses »Alle Menschen werden Brüder«, ich glaubte einfach nicht daran. Ich fand, es war schon eine ganze Menge, dass Menschen einander nicht fortwährend den Schädel einschlugen, dass es schon mehr als ein halbes Jahrhundert keinen Krieg gegeben hatte. Hier. In Europa. Wiege und Totenhaus einer Kultur.

»Mijnheer Hagenau?«

Mevrouw Sitals abwartender Blick.

»Mit g.«

Ich sehe zu, wie sie meinen Namen in ihr Telefon tippt. Sie sieht verregnet aus. Wir haben die ganze Zeit unter den Ästen eines Baums gestanden und auf das Wrack geschaut und kaum gemerkt, dass die Tropfen von diesen Ästen glitten und auf uns fielen.

»Fahren Sie nach Assen?«

Ich nicke, obwohl es nicht stimmt.

»Könnte ich mitfahren? Sonst muss ich warten, bis die anderen fertig sind.«

Wir arbeiten uns über den Weg durch die Waldplantage bis zur Grabung, wo das Zelt steht, in dem die Funde gesammelt, gewaschen und beschrieben werden. Es ist keiner mehr da. Mevrouw Sital sieht sich interessiert um. Ich öffne die Tür des Landrovers. Sitals Blick gleitet über mich hinweg. Nicht nur über mein Gesicht. Über meine ganze Person. Als würde sie mich scannen, um Antwort auf die Frage zu bekommen, was das für ein Mann ist, der Autotüren aufhält, verkohlte Leichen unter ausgebrannten Autos findet und obskure buddhistische Sterberituale kennt.

»Ich muss der Sternwarte melden, dass wir losfahren.«

Ich greife zum Telefon und schaue zum bleiernen Himmel über dem Gelände hoch, zu den Schüsseln des Radioteleskops, die auf das Unhörbare horchen.

»Karel? Sam Hagenau. Ich bin erst spät fertig geworden und fahre jetzt los.«

»Seit wann grabt ihr im Dunkeln?«

»Das ist die Geschichte meines Lebens.«

Wir fahren im Schritttempo den Weg entlang,

43

der das Lagergelände mit dem Besucherzentrum verbindet. Die Dunkelheit hängt schwer und still zwischen den Nadelbäumen. Jedes Mal, wenn ich hier fahre, in der Morgendämmerung oder abends, wenn die Sonne hinter den Bäumen verschwunden ist, habe ich das Gefühl, dass das nicht hier ist, ein Wald in der Nähe eines Dorfs in Drente, sondern eine mythische Landschaft aus einem düsteren Märchen, in der ein Tier lebt, das Menschenfleisch frisst.

»Warum müssen Sie die Sternwarte anrufen?«, sagt Sital.

»Wenn sie wissen, wann im Wald Verkehr ist, können sie die Störung berücksichtigen, die dadurch entsteht.«

Sie schweigt.

»Dieses Auto«, sagt sie nach einer Weile. »Ob sie es wohl bemerkt haben?«

Ich zucke mit den Achseln. »Ich weiß nicht, wie groß die Ruhezone ist. Jedenfalls darf man da nicht mit dem Auto hin. Dieses Moor hier, das Hingsteveen, ist ein Naturschutzgebiet.«

»Hingsteveen …«, sagt sie. »Ist das das Dorf?«

»Nein, das ist Amen, glaube ich.«

Sie hält meinen Blick fest.

»Amen«, sage ich. »Obwohl Niegedacht auch gut passen würde. Nooitgedacht. Das liegt ein Stück weiter weg.«

Wir haben den Wald hinter uns gelassen und

biegen auf den schmalen Asphaltweg, der am Besucherzentrum vorbeiführt. In der Ferne tauchen Scheinwerfer auf. Ich lenke das Auto auf die Seite, damit ein entgegenkommender Leichenwagen vorbeikann.

»Wer leitet die Grabung?«

»Igor Wouters. Das Projekt wird von einem archäologischen Unternehmen durchgeführt. Ich bin als Freelancer eingestellt worden, weil einer ihrer Leute sich das Bein gebrochen hat, als er während seines Urlaubs im Himalaya in eine Gletscherspalte stieg. Weiß der Himmel, warum manche Menschen so was im Urlaub machen. Wo kann ich Sie absetzen?«

»Im Zentrum«, sagt sie.

Wir fahren schweigend weiter. Nach einer Weile taucht der Betonkoloss des Öl- und Gaskonzerns Nederlandse Aardolie Maatschappij auf, hinter der Umgehungsstraße die dunkle Wand des Assener Walds. Sitals Telefon klingelt. Das Gespräch ist kurz. Als sie es beendet hat, schaut sie vor sich hin.

»Schlechte Nachrichten?«

Sie schüttelt den Kopf. »Es waren wahrscheinlich ehemalige RAF-Mitglieder, zwei Männer, eine Frau. Sie wurden mit diesem Auto bei einem Banküberfall in Deutschland gesehen. Sie treiben sich hier schon eine Weile herum, im Norden, im Grenzgebiet.«

»Wie der Wolf«, sage ich.

»Der was?«

»Der einsame Wolf, der ab und an gesichtet wird. Der kommt auch aus Deutschland. *Der Tod ist ein Meister aus Deutschland.*«

Sie schüttelt kaum sichtbar den Kopf.

»Ich heiße Sam«, sage ich. »Samuel Hagenau.«

Sie nickt. Ich habe meinen Namen und meine Telefonnummer angegeben. Sie weiß, wie ich heiße. Sie weiß auch, dass das nicht als Austausch von Daten gemeint ist, sondern als Versuch, sich kennenzulernen. Ich heiße X, wie heißt du.

»Shannon«, sagt sie nach kurzem Zögern. »Shannon Sital.«

»Shannon?«

Mein Ton lässt sie aufblicken.

»Mein Vater war ein Fan von Del Shannon.«

Sie sagt es mit dem kaum merklichen Seufzer eines Menschen, der schon sein Leben lang erklärt, wie er zu diesem Namen kommt.

Eine Tür, die aufgeht. Ein Name, der hereinschlüpft. Die Tür, die hastig, aber zu spät geschlossen wird. Der Name findet eine Erinnerung und noch eine, ein Bild, eine Melodie. Sogar, irgendwo in einer tief verschatteten Ecke, verborgen unter einer staubigen Plane, was nicht mehr in Erinnerung gerufen wird, aber trotzdem nicht vergessen ist. Ein Berg in der Schweiz, Schaukeln auf einem Spielplatz, Autos mit Gepäck auf dem Dach. Unser olivgrüner Volvo Kombi. Der Wagen der Nachbarn vage. Zwei Familien, kurz vor dem Aufbruch in die Sommerferien in den Alpen. Vorfreude bei den Kindern (vier: das Nachbarmädchen und ihre Zwillingsbrüder und er selbst), gut gelauntes Gekabbel und lautes Gelächter bei den Eltern. Es wird gepackt und eingeladen, und als sie endlich losfahren – ein blauer Gepäckbuckel auf dem Dach des vorderen Wagens, ein etwas kleinerer orangefarbener auf dem hinteren –, winkt die halbe Straße ihnen nach. In die Schweiz (nach Spanien, Frankreich, Italien, Jugoslawien) in Urlaub zu fahren kommt noch dem Aufbruch der Griechen nach Troja gleich.

Bei jedem Zwischenstopp wechselt die Konfiguration in den Autos, wenn die Kinder Platz und Wagen tauschen. In einer Raststätte bei Wuppertal wird gegessen und gepinkelt. Es dauert eine Weile, bis eine neue Aufteilung gefunden ist, und dann geht es weiter. Berge kommen in Sicht, Täler öffnen sich. Keines der Kinder ist je so weit weg gewesen. Keines von ihnen hat solche Landschaften gesehen, höchstens auf Bildern. Zum ersten Mal seit dem Beginn der Reise ist es still hinten in den Autos.

Am Ende des Tages erreichen sie ihr Ziel. Berge, aufragender Nadelwald. Die Eltern bauen die Zelte auf, das große blaue und das etwas kleinere orangefarbene. Die Kinder erkunden die Umgebung. Eine Stunde später ist das Essen fertig, danach sinken die Eltern auf ihre Aluminiumklappstühle. Sie trinken Bier und Wein. Die Kinder rennen über das Gelände. Aus einem Transistorradio ertönt der Hit dieses Sommers: Scott McKenzies »San Francisco«. Die Kinder singen phonetisch mit. *Bieschur tu wäääär flauers in jur hääääär*. Er und Shannon sind die ältesten. Sie pflückt Gänseblümchen und flicht aus ihnen einen Kranz für ihr Haar. Er stellt sich vor, dass er ein Hippie ist, obwohl seine Mutter ihm noch immer »eine John-Glenn-Frisur« schneiden lässt.

Die Tage ziehen vorbei.

Eines Abends gibt es ein Gewitter, es grollt in den Bergen. Donnerschläge hallen durchs Tal. Die Jüngsten kriechen ängstlich zueinander. Es regnet ausgiebig. Obwohl in den Zelten alles klamm und kühl wird, bleibt es drinnen trocken.

Am nächsten Tag strahlt die Sonne. Das Gras wirkt wie neu, und die Welt sieht aus wie frisch gewaschen. Die Eltern beschließen, es sei ein schöner Tag für eine Bergwanderung. Feldflaschen mit Orangeade und Butterbrote im Rucksack, den der Nachbar auf der ersten Weghälfte trägt und danach sein Vater. Auf einer Alm wird Pause gemacht. Die Butterbrote werden ausgepackt, und während alle essen und trinken, ist es eine Weile totenstill, abge-

sehen vom unregelmäßigen Läuten einer Kuhglo-
cke. Der Nachbar meint, das sei sicher jemand vom
Schweizer Verkehrsbüro, der mit einer Glocke he-
rumläuft. Die Eltern lassen sich ins Gras fallen und
schließen die Augen, die Kinder spielen.

Als sie sich eine Stunde später zum Aufbruch rüs-
ten, fehlt Shannon.

Die Eltern stieben in alle vier Himmelsrichtun-
gen. Ihm, dem ältesten Kind, wird aufgetragen,
auf die Zwillinge aufzupassen. Fragen der kleinen
Jungen. Ob Shannon ungezogen war? Er sagt, sie
hätte nicht weglaufen dürfen. Bekommt sie nun eine
Strafe? Das ist für sie ein reizvoller Gedanke. Sie
selbst, ziemlich lebhaft, werden oft bestraft. Eine
halbe Stunde später sind die Eltern zurück. Ihre Ge-
sichter sind angespannt, die Augen unruhig. Sie gehen hinunter zum Campingplatzladen. Er soll mit
den Jungs beim Zelt bleiben. Die Erwachsenen wollen die Polizei benachrichtigen. Mit einem Schlag
hat sich die Atmosphäre verändert. Jetzt sind die
kleinen Brüder nicht mehr begeistert von der Idee,
dass ihre große Schwester vielleicht bestraft wird.
Ein Gefühl der Bedrohung ist da. Eine Angst ist geweckt worden, die vielleicht immer präsent war, die
sie aber bisher nicht gekannt haben. Es ist die Angst
vor der unsichtbaren Gefahr, die Angst, aus der alle
anderen Ängste geboren werden. Er selbst spürt sie
auch. Eine nervöse, flatternde Unruhe. Da ist etwas,

was groß ist, größer als alles, was er je gekannt hat. Er sagt den Brüdern, sie bräuchten keine Bange zu haben, Shannon werde bestimmt gefunden. »Vielleicht hat sie sich versteckt.« Einer der beiden erinnert sich an ein Versteckspiel, bei dem Shannon auch nicht gefunden werden konnte.

Die Eltern kommen zurück. Auf ihren Mienen Niedergeschlagenheit. Inzwischen weiß der ganze Campingplatz Bescheid. Es gibt nicht viele Niederländer, doch die wenigen, die da sind, haben sich vor den beiden Zelten versammelt. Eine Suchaktion wird gestartet. Einer der Camper ist Polizist. Er sagt ihnen, worauf sie achten müssen. Dass sie in Sichtweite voneinander bleiben müssen. Dass sie alle fünfzig Meter rufen müssen. Dass sie vor allem in Gräben und unter Büschen nachschauen müssen. Andere Nationalitäten gesellen sich zu ihnen. Deutsche, Franzosen, Belgier. Ein tiefes Gefühl von Schicksal hat den Campingplatz erfasst. Während verschiedene Gruppen das Gelände verlassen, trifft die Polizei ein. Shannons Vater steht ihnen Rede und Antwort. Sie hören sich seine Geschichte an, das Verschwinden, die Suchaktion, die Gruppen, die gerade losgezogen sind. Eine Polizeibeamtin geht zu den Kindern. Sie setzt sie auf die Campingstühle rund um den wackligen Aluminiumtisch mit der Resopalplatte und stellt Fragen, die von seinem Vater übersetzt werden. Weil er der Älteste ist, gibt

er die meisten Antworten. Dass sie Butterbrote gegessen hatten. Dass sich die Eltern ausgeruht hatten.
Die Brüder hatten Ball gespielt, und er hatte ein Tor
gemacht und war der Torwart. Shannon hatte nicht
mitgespielt, sie mochte Fußball nicht. Sie haben
nicht gesehen, wie sie wegging. Sie war auf einmal
weg. Niemand hat andere Menschen in der Nähe ihres Picknickplatzes gesehen. Sie waren allein.

Es wird Abend, die Sonne verschwindet hinter
den Bergen, die Suchteams kehren zurück. Polizisten und Bergführer ziehen los. Vom Campingplatz aus sind die Lichter ihrer Taschenlampen an
den Berghängen zu sehen. Sie selbst sitzen vor den
Zelten, Shannons Eltern und die Jungs, seine Eltern, er. Gekocht wird nicht. Die Kinder bekommen Brote, die Eltern starren vor sich hin und essen
nichts. Schließlich geht er mit den beiden Jungs zum
Spielplatz. Dort beschäftigt er sie, bis jemand auf
die Idee kommt, dass sie ins Bett müssen. Er bleibt
allein auf dem Spielplatz. Er sitzt auf einer Schaukel
und starrt zu den Berghängen, auf den dichten Nadelwald, den Abendhimmel darüber.

Nach einer Weile kommt seine Mutter. Sie setzt
sich auf die Schaukel daneben. Sie schauen auf den
Berg, der Shannon verschluckt hat. Sie sprechen
nicht.

Träge, leere Tage folgen. Shannons Eltern sind
mit verschiedenen Instanzen beschäftigt, er nimmt

sich der Zwillinge an. Neue Suchaktionen werden gestartet, mit Hunden, Schäferhunden, sogar einem Hubschrauber. Jedes Mal kommt jemand von der Polizei zu den Zelten, um Bericht zu erstatten. Immer wieder bricht Shannons Mutter in Schluchzen aus, und ihr Vater starrt leer in die Ferne. Es kommt zu kleinen Streitereien, bei denen Vorwürfe erhoben werden und Selbstvorwürfe zu hören sind. Wenn ich … Hättest du … Warum … Ein Gefühl der Mutlosigkeit. Am Ende der ersten Ferienwoche fahren sie zurück. Shannons Vater bleibt da. Der Volvo Kombi ist zwar groß, aber drei Erwachsene und drei Kinder passen eigentlich nicht hinein. Einer der Brüder sitzt bei ihm auf dem Schoß. Beim ersten Halt rennt Shannons Mutter würgend hinaus. Sie kommen bei Dunkelheit an und verschwinden hinter ihren Haustüren, ohne das Gepäck vom Dach zu nehmen. Mitten in der Nacht wacht er auf, weil er ein Geräusch hört. Er denkt, dass er es geträumt hat, aber später hört er bei den Nachbarn Türen auf- und zugehen, einen animalischen Schrei, der explodiert und in der Dunkelheit erstirbt. Etwas später die flüsternden Stimmen seiner Eltern im Zimmer nebenan.

Den ganzen nächsten Tag über ist seine Mutter bei der Nachbarin. Sie kommt erst wieder nach Hause, als er schon im Bett liegt. Er und sein Vater haben am Küchentisch Spiegeleier gegessen.

Ein paar Tage später kommt auch der Nachbar zurück. Sein Vater hilft ihm, das Gepäck auszuladen. Die ganze Straße weiß inzwischen, was passiert ist. Eine eigenartige Stille hat sich auf sie gesenkt. Er wartet darauf, dass jemand davon zu sprechen beginnt, zu Hause, auf der Straße, über die Hecke hinweg, doch das geschieht nicht. Manchmal denkt er, dass er der Einzige ist, der sich an alles erinnert, der an sie denkt in Momenten wild aufflackernder Panik, wenn er plötzlich wieder die Alm sieht, den grauen Schotterweg, das Fußballtor aus Pullis. Shannon, die im einen Moment da ist und im anderen nicht mehr. Es ist am stärksten, wenn er im Bett liegt, das verlöschende Licht des Sommerabends hinter den Vorhängen, die Stimmen der Erwachsenen in den Gärten. Jeden Abend nimmt er sich vor, nicht an sie, nicht an »es« zu denken. Aber wenn er die Augen schließt, geht sie da in ihrem Kleidchen mit den verblichenen blauen Blumen, dem strubbeligen Haar, den ausgefransten Tennisschuhen. Die Sonne geht unter, es wird dunkel in seinem Zimmer, und in der Finsternis bildet sich eine Höhle, eine schwarze Kuppel, die sich über ihm wölbt, er klein, zitternd auf dem Boden, und das Unermessliche über ihm. Er hat früher nie Angst vor der Dunkelheit gehabt, und jetzt, da diese Angst geweckt ist, spürt er, wie er in ihr verschwindet. Die Angst ist nicht in ihm, er ist die Angst. Stundenlang liegt er mit weit geöffneten Augen im Bett, bis seine Eltern sich schlafen legen, die Lampe auf dem Flur kurz angeht und ihr Schein durch das Oberlicht fällt und die Panik vertreibt. Er hat darum gebeten, die Lampe anzulassen, aber sein Vater hat gesagt, er solle sich nicht anstellen, die Nacht sei zum Schlafen da und … Stunden folgen, in denen er auf einem seltsamen Wogen von Schlafen und Wachen versinkt und dahintreibt, Halbträume, in denen alles verzerrt ist und Shannon im Dunkel auftaucht und wieder verschwindet.

Ein einziges Mal spricht er mit seiner Mutter darüber. Sie sagt, er solle es vergessen. Alle sollten es vergessen. Das Leben müsse weitergehen. Er begreift nicht, wie das möglich ist. Er denkt an Shannon und daran, wo sie jetzt ist. In seinen Träumen bildet sich eine Schattenwelt, in der sie einsam zwischen triefenden schwarzen Bäumen, spitzen Felsen und unermesslich tiefen Schluchten umherirrt. Er ruft sie. Seine Stimme hallt wider in der Nachtluft zwischen den anthrazitfarbenen Bergwänden. Sie hört ihn, kann ihn aber nicht finden.

Tage vergehen und dann Wochen, und er merkt, dass er sich an bestimmte Dinge weniger gut erinnern kann, während andere klarer werden. Shannons Gesicht wird undeutlicher. Manchmal ist es, als könne er sie nur noch von hinten sehen, als sähe er sie weglaufen. War sie wirklich so groß oder kleiner? Was hatte sie an jenem Tag an? In seinem Kopf entsteht eine Geschichte, in der er sie wegschickt, weil er mit den Jungs Fußball spielen will, und es dauert nicht lange, bis diese Geschichte feste Formen annimmt. Es wird schlimmer und schlimmer, bis es eine Version gibt, in der er sie als dummes Gör beschimpft und Shannon mit hängenden Schultern abzieht. Er weiß nicht, ob es wahr ist, er kann sich nicht daran erinnern, traut sich aber auch nicht, es jemandem zu erzählen. Er erinnert sich an den Selbstvorwurf von Shannons Mutter, dass sie eingeschlafen sei, anstatt auf ihre Tochter aufzupassen. Ihre verzweifelt suchenden Augen, die schließlich auf ihm ruhten.

Manchmal sieht er plötzlich wieder vor sich, wie sie an jenem Nachmittag nach der Ankunft im Gras gesessen hatten und dass Shannon einen Kranz aus Gänseblümchen geflochten und auf ihr Haar gelegt hatte und dass sie gesungen hatten.

Saaaan Fraaan Sisko.

2

Shannon. Ich habe ein sehr scharfes Bild von ihr, und trotzdem kann ich sie nicht sehen. Wie ein Wort, an das man sich zu erinnern versucht. Es liegt einem auf der Zunge, man weiß genau, was es ist, man spürt die Buchstaben. Aber man kann sich nicht daran erinnern.

Nein. Anders. Man kann sich daran erinnern, aber es will kein Wort werden.

Ganz selten habe ich in den letzten Jahren noch an sie gedacht. Nicht oft. Eigentlich immer weniger. Manchmal unvermittelt wieder, wenn irgendein Radiosender während einer Stunde mit Oldies dieses Stück von Henry Gross spielte. Mit diesem Refrain:

> *Shannon is gone*
> *I hope she's drifting out to sea*
> *She always loved to swim away*
> *Maybe she'll find an island*
> *With a shaded tree*
> *Just like the one in our backyard*

Als ich es zum ersten Mal hörte, 1976, hatte mein Herz aufgehört zu schlagen. Jahre später las ich, dass das Lied nicht von einem Mädchen handelte, sondern vom Ertrinkungstod des Hundes eines der Beach Boys. Es hatte nichts geändert. Jener Sommertag in den Schweizer Alpen, als Shannon verschwand, hatte sich mit diesem Stück verwoben. Einschließlich des unwirklichen Gedankens, dass sie tatsächlich einen Platz gefunden hatte. Einen schattenspendenden Baum. So einen wie den, unter dem Buddha die Erleuchtung gefunden hatte. Shannon im Lotussitz unter diesem Baum. Einen Kranz von Gänseblümchen auf dem Kopf.

Tayatha gate gate paragate parasamgate bodhi soha.

Alles ist von sich aus leer.

Alles ist von sich aus leer.

Alles ist von sich aus leer.

Alles ist von sich aus leer.

Alles ist von sich aus leer.

Alles ist von sich aus leer.

3

Eine Dose für die Katze und einen Becher Instantnudeln für mich, während ich topographische Dateien und Geodaten herunterlade. Zwei Gigabytes später starre ich auf den Bildschirm. Die Auflösung, 3 200 Pixel pro Kilometer, reicht aus, auch die kleinsten Wege zu erkennen. Warum wurde das Wrack ausgerechnet dort zurückgelassen? Das Hingsteveen ist kein Ort, an dem man etwas verliert. Es ist ein Ort, an dem gefunden wird. Ein Ort, der Bedeutung hat.

Die Katze kommt herein und legt sich auf die Fensterbank. Sie sieht mich an und kneift die Augen zu Schlitzen zusammen.

Joyce hat mich mal gefragt, warum jemand wie ich eine Katze hat.

Ich fragte, was sie damit meine. Jemand wie ich.

Dass ich nicht den Eindruck machte, dass ich, na ja, jemanden bräuchte.

»Ich brauche dich.«

Sie hatte mich angesehen.

»Und du hast mich«, sagte ich. »Aber vielleicht brauchst du mich nicht.«

Keine Antwort.

Eine Katze. Weil dann jemand (etwas) da ist, wenn man nach Hause kommt. Nicht, dass es einer Katze etwas ausmacht, ob du traurig, froh oder mordlustig bist.

Vielleicht hätte ich Joyce sagen sollen, dass ich eine Katze habe, weil ich dann zumindest sicher weiß, wie jemand (etwas) meinem Gefühlsleben gegenübersteht. Dass es also jemanden gibt, dem es völlig egal ist, ob ich …

Acht DIN-A3-Bögen ergibt der Download. Ich klebe sie aneinander und lege sie auf dem Fußboden aus. Die Katze setzt sich auf die Schwelle des Arbeitszimmers und schaut zu, wie ich, im Schneidersitz auf dem Boden, auf die Ausdrucke starre. Das kleine Gebiet, in dem ich das Auto gefunden habe, nimmt allein schon ein Blatt ein. Jeder winzige Weg, jede Brandschneise, jede kleine Waldparzelle ist zu erkennen, inklusive der jeweiligen Vegetation.

Je länger ich darauf schaue, umso weniger begreife ich es. Es ist nicht logisch. Warum dort? Warum auf diese Weise?

Es gibt ein Wort, mit dem Archäologen sich aus einer Situation herausreden, die sie nicht erklären können. *Rituell.* Ist das rituell? Oder ist es eine Sache von *the wider landscape*?

Wo ein Fund früher fast nur für sich betrachtet wurde, als isoliertes Etwas, ist heutzutage der größere Zusammenhang entscheidend. Ein Hünengrab, ein Grabhügel, die befinden sich nicht irgendwo, weil es sich zufällig so ergeben hat. Der Ort hat eine Bedeutung. Er ist Teil eines Narrativs. Die Geschichte des Ortes, der Zeit, der Menschen an diesem Ort und in dieser Zeit.

Vielleicht ist es beides.

The wider, ritual landscape.

Was ich spürte, als ich in die Sphäre rund um das Wrack trat.

Stille.

Zeitlosigkeit.

Bleiche Haarwurzeln, die suchen.

Ein Netzwerk, das ausgreift.

Ein Ort, der Kontakt sucht.

Klang, der verschwindet, Umgebung, die verschwindet.

Nichts als ein schwarz versengter Haufen Stahl und geschmolzenes Plastik. Der verbogene Rahmen der Windschutzscheibe. Das verformte Dach. Der schwere Geruch von Ruß und Diesel und verbranntem Kunststoff.

Doch vor allem eine gewaltige Stille. Eine Stille, die nicht die Stille im Sinne von kein Geräusch ist. Nein: eine greifbare Stille. Eine Stille, die Gewicht hat. Eine Abwesenheit, die anwesend ist.

Zwei Menschen haben eine Kuhle ausgehoben, tief genug, um den Wagen über den Körper zu rollen. Der Wagen, der langsam den Weg neben der Wiese entlangkriecht. Die Scheinwerfer gelöscht. Jemand geht voraus, um das Auto durch die Dunkelheit zu lotsen. Ein Handylicht als Führer. Wo die Lichtung sich öffnet, halten sie an. Dort nehmen zwei von ihnen Klappspaten aus dem Kofferraum. Sie gehen ein Stück den Weg entlang, und zwischen den Fahrspuren, ungefähr in der Mitte, graben sie eine Kuhle, in der jemand mit angezogenen Knien liegen kann, gerade tief genug, ihn so weit einsinken zu lassen, dass das Auto später darüberrollen kann. Sie sammeln trockenes Laub unter den Bäumen und legen es in die Mulde. Niemand spricht. Es wird schnell und systematisch gearbeitet. Dreißig Minuten? So ungefähr. Menschen unterschätzen, wie lange es dauert, ein Grab auszuheben. Von Zeit zu Zeit wird die Arbeit unterbrochen, wenn einer von ihnen zum Auto geht, um nach ihrem Kameraden zu schauen. Schließlich holen sie ihn aus dem Auto, und gestützt auf ihre Schultern (nein, auf ihren Schultern hängend) wankt er zu der Stelle, an der er das Ende und den Anfang von allem begrüßen wird. Er legt sich in das knisternde Blätternest, eine Hand unter dem Kopf, die andere auf der Hüfte. Er passt seine Atmung dem Mantra an.

Tayatha gate gate paragate parasamgate bodhi soha.

Alles ist von sich aus leer.

Tayatha gate gate paragate parasamgate bodhi soha.

Alles ist von sich aus leer.

Der samtene Singsang des Mantras. Der hohe Nachthimmel, die Vielzahl der Sterne. Alles ist eins. Alles war. Alles ist nichts.

Als der Geist aus dem Körper gewichen ist, schieben sie das Auto über die Stelle. Einer von ihnen holt den Kanister aus dem Kofferraum und leert ihn über die Sitze. Sie öffnen ein Fenster, zünden ein durchtränktes Stoffknäuel an und werfen es ins Auto. Ein explodierender orangeroter Ball hüllt den Wagen ein. Sie laufen weg. Selbst als sie schon ein ganzes Stück entfernt sind, zwischen den Bäumen, im dunklen Nadelwald, sehen sie noch, mit welcher Heftigkeit die Flammen das Auto verschlingen.

Hier sind drei Menschen, die vielleicht getötet haben. Jedenfalls haben sie geraubt und bedroht. Sie haben vernichtet, anstatt zu erschaffen, und in ihrem Streben nach einer besseren, anderen, gerechteren Welt haben sie ihre Menschlichkeit geopfert und das Gegenteil dessen geschaffen, wofür sie eintraten.

Und dennoch. Mitgefühl.

Warum?

Dass ich etwas empfinde für »Fremde und das Leid in der Welt«, aber nicht für »echte Menschen«, würde Joyce sagen. Dass ich endlos über Tibet daherlabern kann und hungrige Kinder in Afrika, aber das Leid vor meiner Nase nicht sehe. Dass ich auf der Couch sitze und bei *Vier Hochzeiten und ein Todesfall* flenne, dass Schmerz für mich aber nicht *persönlich* ist.

Joyce glaubte nicht an mein Mitgefühl. Nicht an das mit dem Leid der Welt und vor allem nicht an das mit ihr. Ihr Blick, wenn ich mich wegen etwas bewegt zeigte: Was hast du damit zu tun? Dass du Gefühle hast für Leid und Schmerz in der Ferne, außerhalb von dir, bei anderen. Dass dich berührt, was du nicht bist, was kein Teil deiner Existenz ist. Sie betrachtete es wie ein Ethologe, der ein bestimmtes tierisches Verhalten nicht erklären kann.

Joyce glaubte auch nicht an die Reinheit der Liebe. Sie war eine Vertreterin des emotionalen Determinismus. Menschen lieben einander, weil es Vorteile bringt. Wärme, Gesellschaft, Bestätigung, eine effizientere Weise der Haushaltsführung, die Erwartung, nicht allein sterben zu müssen. Sex.

Ich sagte *aber was meinst du, warum ich bei dir bin, Joyce? Wegen Sex? Wegen der Geselligkeit? Wegen der sprühenden Gespräche? Das kann man überall kriegen. Manchen Menschen genügt ein Haustier. Kannst du nicht glauben, dass ich bei dir bin, weil du es bist?* Ungläubigkeit. Fast schon Panik. Dass ich sie liebte, weil sie es war ... *Sie.* Das konnte sie nicht verstehen. Dass es so *persönlich* war. Die Verzweiflung. Weil man jemandem nicht klarmachen kann, dass man ihn/sie liebt, grundlos, uneigennützig (ja, in der Hoffnung, dass der/die andere ebenfalls ... aber doch vor allem, weil X nun mal X ist), und man weiß nicht, was man tun soll, und je besser man zeigen kann, wie sehr ... und so weiter ... Dieses mein Verlangen, nach ihr, ihren Küssen, ihrem Körper, Verlangen, sie zu umarmen ... *Balsam für meine Augen, Öl auf meinen Händen ...* für sie war es Ausdruck einer physischen Funktion: ein Körper, der verlangt, was erklärt, weshalb alle diese Männer, mit denen sie kurzzeitig etwas hatte, solche fragwürdigen Typen waren, die »Der Mann« spielten, Kerle auf Motorrädern, Imponiermänner, Typen, die einen betrogen, weil sie sich, wie Joyce, nicht vorstellen konnten, dass es mehr gibt als das Sehnen nach einem anderen Körper, und, ja, mein Verlangen war das auch, ihre Beine, ihre Brüste *wie junge Zwillinge von Gazellen*, ihr Gesäß, die Vollheit ihres Mundes *Honig und Milch unter deiner*

Zunge aber vor allem um dessentwillen, wer sie war. Doch das glaubte sie nicht. Das war jenseits ihres Vorstellungsvermögens. Oder, vielleicht besser: Das wollte sie nicht glauben.

Mein Körper sehnte sich nach ihr, fand aber nichts als ihren Körper, und, ja, den begehrst du, nach dem verlangt es dich, aber du willst auch mit ihr zwischen Feldblumen im Schatten eines Baumes liegen, ihr Kopf auf deiner Schulter, deine Hand auf ihrer Hüfte, und der Duft von Erde und Gras und das Summen der Hummeln und ihr Blick, wenn sie die Augen aufschlägt, und du spürst die Erde unter dir, das Kreisen der Welt im All zwischen Sternen, die du jetzt nicht siehst, die aber da sind, und in der Erde, tief und vergessen (schließlich bist du Archäologe) das Erbe der Jahrhunderte, der Jahrtausende, wer und was hier lebte, bevor ihr kamt und euch niederließet am Feldrain *oh, dass wir früh aufbrechen zu den Weinbergen und sehen, ob der Weinstock sprosst und seine Blüten aufgehen, ob die Granatbäume blühen, da will ich dir meine Liebe schenken* alles und alles ist jetzt, ihr, sie und du, du in ihrem Blick, sie in deinem, und du richtest dich auf, du hebst die Hand von ihrer Hüfte und legst sie zwischen ihre Brüste, du sagst *ich liebe dich* und während du das sagst und ihre Augen matt werden, weißt du, du hast nichts gesagt, sondern um etwas gebeten. Wie ein Bettler, ein Vogel, der mit kleinen Zweigen und Fasern ankommt, um das Nest zu bauen, in dem sie bleiben will *Liebe ist stark wie der Tod und Leidenschaft unwiderstehlich wie das Totenreich.* Du, der Geschenke anschleppt, Türen aufhält, ihr in den Mantel hilft, mit ihr in Länder fährst, die du nicht besuchen willst, weil es dir völlig schnuppe ist, ob es da schöne Wälder/Städte/Seen gibt, aber sie will »Dinge erleben«, und folglich erlebst du Dinge mit ihr, obwohl du lieber zu Hause Dinge erlebst, denn du willst keine Ablenkung, sondern Hinlenkung (zu ihr), so vieles ist noch ungesagt und unklar und unerkundet zwischen euch, ja, du willst schon reisen, aber anstatt zu den Regenwäldern Guatemalas oder Tempeln in Ländern, in denen alles und alle so gottvergessen authentisch und unberührt sind, anstatt dorthin willst du lieber auf eine Reise zueinander, um euch gegenseitig kennenzulernen, um einander zu ergründen, um euch ineinander zu verirren. Reisende? Ja, Reisende der Liebe willst du sein, aber das ist für Joyce nicht »Dinge erleben«, einander entdecken ist für sie so etwas wie Staubsaugen oder Buntwäsche, eine kleine Aufgabe, kein Abenteuer, und schon gar nicht das Abenteuer, das sie will. Ich habe gefragt, warum sie so gern Dinge erleben wolle, warum sie in Straßencafés sitzen wolle, um, wie sie sagte, Leute anzuschauen. *Ich will dich anschauen.* Und sie: *Das ist etwas anderes.* Ich: *Menschen, die du nicht kennst, sind alle gleich. Aber wir können einander wirklich kennenlernen.* Kopfschütteln. Dass ich das nicht verstand. Aber ich verstand es sehr wohl. Warum sie immer nur wegwollte und Dinge unternehmen wollte. Diese ewige Flucht nach vorn, um bloß nicht von dem eingeholt zu werden, was war.

Wenn sie innehielte, würde sie sich selbst hören, das Geräusch in ihr, das Geräusch, das ertönt, wenn man einmal auf dem Arsch sitzen bleibt und der Stille lauscht.

Aber wie soll man hören, wenn die Vergangenheit einem ins Ohr schreit?

Ist es lange her, lange her …

Es ist lange her, da gab es eine Familie in der Mitte des Landes, Mutter daheim, Vater im Büro, ein Mädchen und ihr jüngerer Bruder in der Schule. Eines Tages kommt der Vater nicht nach Hause. Am nächsten Tag auch nicht und am Tag darauf ebenfalls nicht. Nach zwei Wochen die Nachricht, er habe die Familie verlassen und komme nicht zurück. Wo er ist, weiß niemand, er sagt es nicht. Zehn ist das Mädchen da, und seit diesem Tag hat sie ihn nie wieder gesehen. Später, auf Umwegen, die Entdeckung, dass der Mann mit einer anderen Frau zusammenlebt und mit ihr zwei Kinder hat, die nicht viel jünger sind als sie und ihr Bruder. Die Mutter bricht zusammen, die Kinder werden von Verwandten aufgenommen. Das dauert fast zwei Jahre. Danach ist nichts mehr übrig von »der sogenannten glücklichen Familie«, wie Joyce es später bitter beschreibt. Zu allem Unglück tritt ein neuer Mann in das Leben der Mutter, ein herrschsüchtiger Typ, der vom ersten Tag an seine Autorität geltend macht. Abweichende Meinungen werden nicht geduldet, die Kinder bekommen Aufgaben zugeteilt, die von Autowaschen bis Bodenaufwischen reichen. Die Mutter stellt sich in jeder Situation auf die Seite ihres neuen Mannes, aus Angst, auch ihn zu verlieren. Die Kinder haben im Grunde nur noch Kontakt miteinander. Mit sechzehn geht Joyce von daheim weg. Mangels finanzieller Unterstützung von zu Hause hält sie sich mit allen möglichen Jobs über Wasser. Schließlich fängt sie an zu studieren, wird Doktorandin und findet zuletzt eine Stelle bei einem Zweig der Europäischen Raumfahrtorganisation. Eine Selfmadewoman, in jeder Hinsicht. Die Erschaffung ihrer selbst aus dem Nichts. Jemand, der von weit her gekommen ist. Von so weit, dass sie vergessen hat, wo sie hergekommen ist. Jemand ohne Anfang.

Das ist die Geschichte, die sie bei unserer zweiten oder dritten Begegnung erzählt. Mit der Warnung, dass ihre Freunde nichts davon wüssten und ich mit niemandem darüber sprechen dürfe. Ich sage, ich sei neugierig, was für Freunde das seien, wenn sie das nicht wissen dürften. Sie: dass sie und ihre Freunde über derlei Dinge nicht sprächen, dass sie sich vergnügten, ausgingen und … dass sie das Leben genießen wolle und nicht an das Negative denken wolle, dass sie eine positiv eingestellte Person sei, lösungsorientiert und so, Naturwissenschaftlerin. »Aber um das Positive zu erreichen«, sage ich, »musst du doch von Zeit zu Zeit durch das Negative hindurch, oder? Wenn du es ignorierst, bleibt es bestehen.« Kopfschütteln. Dass ich das nicht verstünde. Aber warum erzählt sie diese Geschichte dann mir, einem Mann, mit dem sie zwei-, dreimal ausgegangen ist, einem Mann, der bereits in den ersten Gesprächen über ihre unterschiedlichen Hintergründe zu erkennen gegeben hat, dass er von der Möglichkeit, die Vergangenheit zu vergessen, nicht sonderlich überzeugt ist. »Frühere Geliebte? Hast du nie mit …« Die habe es kaum gegeben. Das heißt: Es gab nur Beziehungen, die so kurz waren, dass es nicht mal zur Sprache kommen konnte. Niemand wisse davon.

Weil es eine Schande ist? Weil du Menschen nicht so nahe herankommen lässt, dass sie auch deinen Kummer kennenlernen, deine Scham? Und was für eine Scham ist das denn, an der du selbst keinen Anteil hattest, außer als Objekt? Wir haben das Glück, wie vorgeschrieben (der Mythos von der Ehe und der glücklichen Familie et cetera), nicht erreicht?

Wir haben versagt? Oder: Mein Vater war ein ehebrecherischer Betrüger, meine Mutter eine schwache Frau, die sich beherrschen ließ, und wer bin dann ich? *Er ist für mich tot,* sagt Joyce. Ich denke: So etwas sagt man, wenn das Gegenteil der Fall ist, wenn der Betreffende alles andere als tot ist, wenn der Betreffende so schrecklich präsent ist, dass es eine solche Äußerung braucht, um die Fantasievorstellung vom Gegenteil aufrechtzuerhalten. Brich mit deiner Familie, leugne die Existenz eines Vaters, einer Mutter, eines Bruders oder einer Schwester, erkläre sie für tot: Sie bleiben. Immer. Irgendwo, an einem tiefen, dunklen Fleck in deinem Kopf, ist X. Du tust nur so, als wäre X nicht da. Wie ein körperliches Problem, das dich meistens nicht stört, das du sehr gut ignorieren kannst, sogar vergessen, das sich aber von Zeit zu Zeit bemerkbar macht. Und dann weißt du es wieder. Diese alte Wunde. Diese Narbe.

»Du musst dich sehr allein gefühlt haben«, sage ich. Sie sieht mich an. Ein Blick, als machte sie sich das erst jetzt bewusst. Als käme es erst jetzt aus den Tiefen ihrer Seele hervor und durchbräche die Oberfläche. Wie ein Geräusch, das eine harmonische Resonanz auslöst. Etwas in ihr wurde in Schwingungen versetzt, und das hat sie bewegt. Dieses Wort. *Allein.* Ich denke: Sie ist sich selbst eine Unbekannte, sie kennt sich selbst so schlecht, dass sie keine Ahnung hat, was mit ihr passiert, wenn sie in sich hineinschaut. Ist das ihre Überlebensstrategie: sich selbst zu leugnen, sich selbst zu … ignorieren? Ich sehe sie an und empfinde Mitgefühl, Mitleid, irgendetwas dazwischen, vielleicht auch Stolz. Dass sie mich ins Vertrauen gezogen hat.

Im gleichen Moment auch die vage Erkenntnis, sehr vage und daher nicht genug, um etwas daran festzumachen, zu vage, um eine Entscheidung zu treffen: ob ich das eigentlich will, ob das nicht ganz klar eine Situation ist, in der ich eine Rolle übernehme, die nicht so sehr die des Geliebten ist, sondern eher die des Mannes, der alles gutmachen wird, eine Rolle, die an meine Gefühle eines »Retters der verletzten Frauen«, »Des einsamen Ritters mit einer edlen Mission«, »Des Einzigen« appelliert.

Jemand zieht dich ins Vertrauen und erzählt etwas, was kein anderer weiß, und damit bist du auserwählt, du bist näher an X als irgendwer sonst. Dir ist ein fragiler Schatz zum Hüten gegeben worden, Wissen um das Geheimnis, das Schlimme … Du hast einen Blick auf das werfen dürfen, was niemand sonst gesehen hat, und jetzt bist du nicht nur ein Eingeweihter, sondern auch ein Mit-Hüter. Ohne dass du darum gebeten hast, ist ein Bund geschlossen worden, und dieses Privileg hat eine Kehrseite. Eine Verpflichtung. In diesem Fall: Jetzt, da du die Wunde gesehen hast, hast du Rücksicht auf sie zu nehmen. Was sich einige Monate später zeigt, als

Joyce bei einer Uneinigkeit die Parameter formuliert, innerhalb derer sich der Diskurs dieser Beziehung abzuspielen hat. Kein Streit, denn Joyce erträgt keine Konflikte. Wegen früher. Du: *Aber eine Diskussion, Uneinigkeit, meinetwegen auch Irritation, das ist kein Streit.* Für sie schon. Wie eine Meinungsverschiedenheit et cetera denn dann beigelegt werden soll? Sie: durch ein vernünftiges Gespräch, bei dem eine Lösung gesucht wird. *Joyce*, sagst du, *das ist keine Beziehung, das ist eine Versammlung.* Und sie: dass es nicht um Argumente gehe und so, sondern um Emotionen. Und du: also keine Diskussion, sondern ... Wie? Was macht man mit Emotionen, wenn man damit nichts anfangen kann oder darf, wenn sie ein Argument sind, um nicht zu reden, nicht zu diskutieren? Ist es etwa so, dass du per definitionem recht hast, wenn du eine Emotion zeigst? Und was, wenn zwei Menschen eine Emotion zum Ausdruck bringen? Haben sie dann beide recht? Dass es nicht um recht oder unrecht gehe, sagt Joyce, sondern um Verständnis. Verständnis, schön und gut, aber Uneinigkeit entsteht ja oft gerade deshalb, weil du kein Verständnis dafür aufbringen kannst, was ein anderer tut oder denkt, und was eigentlich ist Emotion? Warum soll das mehr Gewicht haben als Argumente, als Logik? Ist es eine höhere Daseinsform? Spielt Gefühl sich in ätherischen Sphären ab, und sind Vernunft und Analyse im Vergleich dazu Banalitäten? Ist es nicht gerade Sinn der Sache, dass wir dieses Gefühl unter die Lupe nehmen, um zu schauen

a) woher es kommt
b) was es bedeutet
c) ob es berechtigt ist (zum Beispiel: Eifersucht, Hass, Abscheu, das ungerechtfertigte Gefühl, benachteiligt zu werden, etc.)
d) ob es Konsequenzen haben muss, eine Tat, eine Änderung des Standpunkts, der Haltung und so weiter?

Joyce, die den Kopf schüttelt. Joyce, die sieht, dass du nichts begreifst. Was auch so ist, denn du begreifst nicht, wie eine Person, die sich selbst als lösungsorientiert und Naturwissenschaftlerin bezeichnet, Probleme nicht lösen will, indem sie sie analysiert, sondern durch … Ja, wodurch? Ich fühle etwas, du fühlst etwas, ich bin okay, du bist okay? Verschwindet das Problem dadurch? Nicht, dass es im Moment Probleme gäbe, jedenfalls keine großen, aber die kommen bestimmt noch, *shit happens*, und dann sitzt du da mit diesem von Joyce geforderten vernünftigen und lösungsorientierten Gespräch, das anhand von Emotionen geführt werden muss, auf der einen Seite dein Bestreben, ihre Gefühle zu verstehen, und auf der anderen dein Bedürfnis, eventuelle Probleme unter die Lupe zu nehmen. Wie geht das? Sie will zwar das Verständnis, aber nicht die Analyse, du darfst mir zwar zuhören, mich aber nicht verstehen?

Joyce in einem von Dornen überwucherten Schloss, das du dir zwar aus der Ferne anschauen darfst, aber betreten – vergiss es.

Doch vielleicht war meine Herangehensweise falsch. Will sagen: wie ein Autist sich im Chaos der Welt durchschlägt. Mein tiefes Verlangen nach Emotionen, die begründbar sind, die analysiert und interpretiert werden können, ist das eine Art und Weise, die Sache in der Hand zu behalten? Und dieses Bedürfnis, ganz und gar im anderen, in der Liebe aufzugehen. Als wollte ich das Ungreifbare, die Emotionen des anderen, vivisezieren und gleichzeitig dorthin gelangen, wo noch nie jemand war, nicht einmal sie selbst. *To boldly go where no one has gone before*? Ist das ein Versuch, sich selbst unentbehrlich zu machen? Das heißt: Ich bin so weit in dir vorgedrungen, dass ich unersetzlich bin, einzigartig, nie mehr wirst du ... Will ich das? Eine einzigartige Position? Ist dies eine Methode, mich unverlassbar zu machen?

Der Hunger.

Die Katze sitzt jetzt vor mir und schaut auf meinen Schoß. Es vergeht immer eine Minute, bis sie sich entschließt zu springen. Sogar wenn ich bedeutungsvoll auf meine Oberschenkel klopfe *komm doch, jetzt komm schon* bleibt sie sitzen und starrt. Vielleicht bin ich keiner, in dessen Armen man …

Das Telefon. Esther.

»Hab ich dich geweckt?«

»Nein, natürlich nicht. Es ist lange her.«

»Ein ganzes Leben, Samuel Hagenau. Wie geht es dir?«

»Die Sonne geht auf, die Sonne geht unter.«

»Du zitierst noch immer Prediger. Ich nehme an, alles beim Alten. Was hast du da in der Nähe dieses Autos getrieben?«

»Eine Grabung«, sage ich. Ich erkläre ihr, wo und wie und …

»Das heißt, du bist auf der Suche nach unseren Vergangenheiten«, sagt Esther.

»Juden, NSBler«, sage ich. »Ihr seid noch am längsten da gewesen.«

Einen Moment lang ist es still.

»Dieser Tote«, sage ich. »War es ein Mann oder eine Frau?«

»Ein Mann. Die Verbrennung war unvollständig. Die Obduktion wird mehr Aufschluss bringen. Warum interessiert dich das Geschlecht?«

Ich weiß es nicht. Vielleicht um ein Bild von der Situation zu gewinnen, von dem, was geschehen ist, von dem, was jetzt noch übrig ist: ein Mann und eine Frau, die nach dem Tod ihres Gefährten weitermachen müssen. Was bedeuten sie füreinander?

74

Was haben sie füreinander bedeutet? Was müssen sie jetzt füreinander bedeuten? Es scheint mir unvermeidlich, dass in einer Gruppe, auch wenn sie nur aus drei Personen besteht, Beziehungen entstehen, wenn die Mitglieder der Gruppe einander auf Gedeih und Verderb ausgeliefert sind. Eine Art Stockholmsyndrom. Tiefe, bedeutungsvolle Beziehungen außerhalb der Gruppe sind unmöglich, entsprechend nimmt die Intimität innerhalb der Gruppe zu. War der Tote Teil einer solchen Beziehung? Und was bedeutet sein Tod nun für die Zurückgebliebenen?

»Was mich interessiert«, sagt Esther, »ist die Todesursache. Oder eigentlich, was dem vorausgeht. Die Probleme, die entstehen, wenn jemand auf der Flucht ist und krank wird.«

»Was für Probleme? Die sind doch gelöst, oder?«

»Ja, jetzt schon. Aber was geschieht davor, wenn jemand langsam hinfällig wird? Alzheimer, Parkinson. Wenn jemand einen Herzinfarkt bekommt? Was machst du dann? Mit einer falschen Identität kann man eine Menge erreichen, aber wenn es wirklich schiefläuft, gibt es unabsehbare Probleme. Früher ging das ja noch, aber heutzutage ist man ohne Identität aufgeschmissen. Zu welchem Arzt kannst du dann gehen? Und woher bekommst du Medikamente? Wie haben sie das gelöst? Ein gefälschter Pass – schön und gut. Aber man braucht auch eine

Identifikationsnummer und eine feste Adresse. Eine Postfachnummer reicht nicht. Wenn unser Mann dort gestorben ist, wie du behauptest, dann war es bestimmt kein Suizid. Eher eine unheilbare Krankheit im Endstadium und eine Form von selbstgebastelter Sterbehilfe. Und das wiederum bedeutet, dass er wahrscheinlich schon eine ganze Weile krank war.«

Drei in die Jahre gekommene Terroristen, seit drei Jahrzehnten auf der Flucht. Familienmitglieder werden alt, sterben und können nicht besucht werden. Sie selbst werden ebenfalls alt und fangen an zu kränkeln. Ein Terrorist mit Altersbeschwerden ... Es hat etwas Unnatürliches. Ob es noch so etwas wie Hilfe im Untergrund gibt? Wie ... wann war das noch mal ... Ende der siebziger Jahre? Safe Houses bei wohlhabenden Sympathisanten und Spenden von Salonrevoluzzern, jenen Intellektuellen mit interessanter Frisur, die der Gewalt eine soziologische Basis verschaffen? Leute, die im Fernsehen debattieren, ohne sich die Hände schmutzig zu machen und Risiken einzugehen. Die finden, dass »wir« mit »ihnen« reden müssen. Dass wir sie verstehen müssen und die politischen Fundamente ihrer Taten ernst nehmen müssen. Ich glaube nicht so recht an diese politischen Fundamente. Ich betrachte den Terrorismus vor allem als romantische Anwandlung. Ein großartiges, berauschendes Leben. Teil sein vom

Hier und Jetzt, auf der Springflut der Zeit. Mitten im Getümmel, aufgenommen von etwas, das größer ist als du, etwas, das dich ergreift und über deine Bedeutungslosigkeit hinaushebt. Du bist ein Insekt unter Milliarden Insekten, und du willst die Bedeutungslosigkeit nicht akzeptieren.

»Warum ich anrufe ...«, sagt Esther. »Wollen wir mal was trinken? Es ist lange her.«

»Ich mag keine Kneipen.«

»Bei dir«, sagt Esther. »Wir reden nicht über den Job. Und auch nicht über früher.«

Früher.

Wir hörten Musik, die wir gerade entdeckt hatten. Wir lasen, was der andere las. Wir gingen jeden Mittwochabend im Parkzicht tanzen, einer Disco, die von Krankenschwestern und Militärs besucht wurde. Sie in einem roten Baumwollkleidchen, ich in einer weißen Jeansjacke. Ich blieb oft zum Essen bei ihr, in dem kleinen Reihenhaus im Molukker-Viertel, einem Haus, das in allem das Gegenteil unseres leeren Bungalows mit der italienischen Designercouch, den Ploeg-Vorhängen, dem Weinregal im Hauswirtschaftsraum und dem Volvo Kombi in der Einfahrt war. Wir waren kein Paar. »Warum hast du keine Freundin?«, fragte Rina, ihre ältere Schwester, einmal, als wir wieder mal am vollbeladenen Tisch saßen. Alle waren verstummt. Ihre Eltern, ihre beiden Schwestern und der kleine Bruder sahen mich über die dampfenden Schüsseln hinweg an. »Eine Krankheit«, sagte ich. »Wo bei dir ein Herz sitzt, habe ich eine Weihnachtskugel.« Rina seufzte müde, doch der kleine Bruder sah mich mit großen Augen an. »Kann die zerbrechen?«, fragte er. »Ich muss schon vorsichtig sein«, sagte ich. Esther fing ein Studium in Leiden an, ich in Groningen, und später ging ich noch ein Jahr nach England. Danach arbeiteten wir an verschiedenen Orten im Land. Esther schrieb Karten und Briefe, die ich selten beantwortete. Eine Freundschaft, die ich habe totlaufen lassen. Weil ich wusste, sie würde irgendwann jemandem begegnen? Vielleicht Kinder bekommen? Eine Existenz aufbauen, in der kein Platz für mich wäre? Weil ich dem Verlust vorgreifen wollte?

Es gibt viel Früher. Immer mehr. Und das Gewicht von Früher wird immer größer. Früher ist ein Lichtblitz, der in einer Erinnerung verlischt: die höhere Schule, meine erste Liebe (Jetta), das erste Mal Sex (Maria), lange Wanderungen durch die prähistorische Landschaft des Balloërveld, wo ich in einer Sandverwehung eine Steinzeitaxt finde und sonnengebleichte Kaninchenschädel zwischen den Heidebüscheln. Früher, das ist die zunehmende Stille zwischen meinen Eltern und ihre in Kultiviertheit erstickten Vorwürfe, meine Mutter und ihre Lebensmittelvorräte, die einen immer größeren Teil des Hauswirtschaftsraums einnehmen, mein Vater, der immer mehr Symposien und Kongresse besucht. Ich am Fenster meines Zimmers und die Eichhörnchen, die draußen durch die Wallhecke flitzen.

Früher, das ist ein Riss, der in der Schweiz beginnt, noch unsichtbar, dünn, mit der Zeit aber größer, ein Riss, der sich verzweigt, wie Eis bricht und immer weiter bricht, bis das Ufer erreicht ist. Früher ist Shannons Vater, der eines Tages bei uns vorbeikommt. Unangekündigt. Er ist unrasiert und angetrunken. Ich bin dreizehn und lerne an jenem Abend die Scham kennen, die entsteht, wenn Mitgefühl und Widerwille aufeinanderstoßen. Shannons Vater sitzt auf der italienischen Eckcouch und starrt in den Kamin, auf das Feuer, das mein Vater angezündet hat. Er spricht mit unsicherer Stimme über neue Suchpläne. Er hat eine vage Theorie über ein spanisches Ehepaar, das sich angeblich merkwürdig verhalten hat. »Aber die Schweizer wollen mir ihren Namen nicht geben. Wenn wir jetzt mal zusammen dort hinfahren, Max?«, sagt er zu meinem Vater. Zweimal ist Shannons Vater bereits dorthin zurückgekehrt. Das letzte Mal mit einem Hellseher. Damals kam es zu einem Wortwechsel zwischen meiner Mutter, die Verständnis für die Verzweiflung unseres früheren Nachbarn hatte, und meinem Vater, der sich über Harnschau und Bauernfängerei ereiferte. Shannons Mutter hat sich von den Theorien ihres Mannes distanziert und sich aufs Schweigen verlegt. Drei Jahre nach Shannons Verschwinden trennen sie sich. Wir sind da schon in ein Bungalowviertel umgezogen, in dem hauptsächlich Expats der Nederlandse Aardolie Maatschappij wohnen. Wir sind keine Expats, aber mein Vater arbeitet ebenfalls für die NAM. Er gehört der ersten Gruppe von Mathematikern an, die praktische Anwendungen für den Computer ersinnen. Es ist eine Zeit, in der jeder, der etwas von Computern versteht, einen Sportwagen hat. Außer meinem Vater, der hartnäckig in unserem alten olivgrünen Volvo Kombi rumfährt. Und jetzt sitzt der Nachbar hier. Ich starre auf ihn mit der Faszination eines Menschen, der ein brennendes Gebäude betrachtet und sich fragt, wann es einstürzen wird. Von dem, was einst sein Leben war, ist nichts übrig. Er irrt in der Leere umher, die mit Shannons Verschwinden entstand. Warum trifft es ihn so anders als seine Exfrau? Und warum schweigen alle über das Geschehene, warum scheinen alle jenen Sommer vergessen zu haben, warum kann der Nachbar das nicht? Ganz vage die Idee, dass er mit seinen Wahnvorstellungen und Illusionen vielleicht der Einzige ist, der wirklich erlebt, spürt, was dort geschehen ist. Meine Mutter kommt mit starkem Kaffee ins Zimmer. Unser früherer Nachbar blickt auf, als nähme er eine übernatürliche Erscheinung wahr. »Ach, Hester«, sagt er kläglich. Er schüttelt den Kopf und blickt auf seine Schuhe. »Ach, Hester. Wo ist bloß alles schiefgelaufen?« Was an jenem Abend weiter geschah, weiß ich nicht. Meine Mutter erinnert mich an Hausaufgaben, die ich gar nicht habe, und ich verschwinde in mein Zimmer, wo ich aus dem Fenster starre und an Shannon denke. Ich weiß noch, wie alt sie war, ich habe eine vage Vorstellung von ihrer Figur, dem verschwitzten, strähnigen blonden Haar. Aber kein Gesicht. Keine Stimme. Ich weiß, dass man Dinge vergisst, dass die Erinnerung unscharf wird und zum Schluss möglicherweise ganz verschwindet. Doch was passiert, wenn ich mich nicht mehr an sie erinnere? Wenn ich eines Tages sogar ihren Namen vergessen habe? Jetzt, wo ich zumindest noch weiß, wie sie ungefähr aussah – dieser Blumenkranz in ihrem Haar, dieses ausgeblichene Kleid –, jetzt lebt sie noch. In der Erinnerung des Nachbarn und meiner eigenen existiert Shannon noch. Das starke Bewusstsein, eine Aufgabe zu haben, einen Auftrag, dass ich sie festhalten muss. Wie jemand, der den Arm über den Rand der Schlucht ausstreckt und die Hand eines anderen ergreift. *Ich lass dich nicht los, ich halte dich …*

Ein paar Stunden später fahren der Nachbar und mein Vater in unserem Volvo vorbei.

Früher, das ist das letzte Jahr, in dem ich noch zu Hause wohne, als ich einhalb Monate mit Pfeiffer'schem Drüsenfieber im Bett liege, nachts mit heftigen Fieberträumen, meine Mutter, die mir ein Päckchen gibt, ein Buch, *Tristan und Isolde*. Da geht es mir schon wieder etwas besser, ich setze mich an meinen Arbeitstisch am Fenster und fange an zu lesen, und binnen einer halben Stunde bin ich von dem Buch restlos gepackt, von der traurigen Geschichte einer unmöglichen, zum Scheitern verurteilten Liebe, dem intensiven Leiden durch und für einander, der Heftigkeit von alldem, dem unabwendbaren verhängnisvollen Ende. Ich lese wie ein Rasender, ein Besessener, und dann ist das Buch aus, und Tränen laufen mir über die Wangen, oh, der Schmerz, der Gram, die Verzweiflung und meine Verzweiflung, die so groß ist, dass ich aus dem Haus laufe, den Rasenmäher aus der Garage hole und den Rasen zu mähen beginne. Noch immer schluchzend, den Kopf verbissen zum Gras hin gesenkt. Danach zurück ins Haus, ich lese das Buch noch einmal, breche wieder in Tränen aus und gehe wieder hinaus und beginne, das Gras zum zweiten Mal zu mähen. Beim dritten Durchgang kommt mein Vater nach Hause, er steigt aus dem Auto, sieht sich meine besessene Rackerei auf dem Rasen an und sagt: »Wenn du so weitermachst, haben wir da gleich nur noch Erde.«

Aber vielleicht war das an jenem Tag tatsächlich meine Absicht: weiterzumachen, bis alles kaputt war, bis ich das Gras bis zu den Wurzeln abrasiert hatte.

Der Kummer, wieder der Kummer und abermals der Kummer. Wie ein Junkie, der weiß ... Und trotzdem ...

Du willst es.

Ein paar Wochen nach meinem Examen erreichen die Risse das Ufer. Es ist ein glutheißer Sommer, meine Mutter liegt auf dem Bett und starrt an die Zimmerdecke, mein Vater ist zu einer Raffinerie in Venezuela entsandt worden, um die Installation eines Steuerungssystems zu betreuen, und ich schlafe mit Maria in meinem Bett. Es ist für uns beide das erste Mal, und inmitten all dessen, was untergeht und endet, ist dies ein Anfang. Als ich sie am späten Abend auf dem Fahrradgepäckträger nach Hause bringe, ist es noch immer warm, und die Luft riecht nach Geißblatt. Wir fahren die Allee am Wald entlang, unsere Köpfe sind voller Träume, und unsere Körper fühlen sich an wie nie zuvor. Als wären sie aus dem Halbschlaf der Jugend erweckt worden und gehörten auf einmal zu einer anderen Welt. Am Zaun hinter ihrem Haus küssen wir uns. Dann geht sie hinein, und ich fahre zurück nach Hause. Dort erzählt mir meine Mutter, dass sie und mein Vater sich scheiden lassen. Im gelblichen Lichtkreis der kleinen Lampe an ihrem Bett sieht sie alt aus. Was sie sagt, dringt kaum zu mir durch. Der Duft des Geißblatts ist noch in meiner Nase, und das Bild von Marias Augen, ihrer zerlaufenen Wimperntusche, den verschwitzten schwarzen Locken, die ihr auf der Stirn kleben, das alles will dem nicht Platz machen, was mir erst später in jener Nacht klar wird, als ich aus dem Schlaf hochschrecke und begreife, was da geschieht, dass dies das Ende ist, dass die Welt, so wie sie war, in Scherben liegt. Ich liege eine Weile im Dunkeln, und als ich endlich wieder in den Schlaf drifte, ist da auf einmal das Bild von Shannon, der warme Sommernachmittag auf der Alm, die kleinen Brüder, die hinter dem Ball herrennen, die Eltern im Gras, der hellblaue Himmel und die Sonne, die ein grellweißer Fleck ist.

Ein Gefühl von Ende, ein Gefühl von Anfang.

Obwohl alles auseinanderfällt, ist dieser lange, heiße Sommer in erster Linie der letzte Sommer meiner Jugend, der Sommer, in dem ich lerne, was es bedeutet, jemanden zu lieben. Maria und ich radeln fast täglich hinaus aus der Stadt und liegen stundenlang unter den Bäumen am Rand eines Getreidefelds. Wir reden, wir küssen, wir hören Musik aus dem Kassettenrekorder, den ich mitgenommen habe, wir versuchen, nicht an die Zukunft zu denken, die beginnt, wenn sie ans andere Ende des Landes umziehen wird, um dort zu studieren. Als sie fragt, was ich vorhabe, zucke ich mit den Achseln. In dem Chaos um mich herum ist nur Platz für dies: sie in meinen Armen, wenn sie auf mir liegt, ihre großen, weichen Brüste, die auf mich drücken, meine Hände an ihrer Taille, die Wölbung ihres Hinterns, ihre Zunge in meinem Mund, ihr Haar, das mir ins Gesicht fällt, das Funkeln in ihren Augen. Liebe ich sie? Ich weiß, dass ich sie begehre, ich sehne mich nach ihrer Berührung, ich sehne mich danach, sie zu berühren, ich sehne mich nach ihrem Mund, ihren Brüsten, ich will diesen halluzinatorischen Moment wieder erleben, als wir auf meinem Bett lagen und miteinander schliefen, ich sehne mich danach, sie nach Hause zu bringen, hinten auf dem Fahrrad, im süßen Duft des blühenden Geißblatts. Ich sehne mich nach der endlosen Wiederholung jenes Moments. Wie ein Junkie, der ... Aber ich weiß nicht, was mich, abgesehen von ihrer Sinnlichkeit, anzieht. Das Verbotene? Ihre Eltern sind streng katholisch. Sie wollen nicht, dass Maria mit mir Kontakt hat. Meine Herkunft hat nie viel Gewicht gehabt, doch durch die Haltung ihrer Eltern erhält jeder Kuss eine doppelte Bedeutung. Jedes Mal, wenn meine Hand sich um Marias Brust schmiegt, jedes Mal, wenn ihr Nippel zwischen meinen Fingern anschwillt und ich sie seufzen höre, begebe ich mich auf verbotenes Terrain. Mein Glück ist meine Schuld, meine Schuld ist mein Glück.

Währenddessen liegt meine Mutter auf ihrer Seite des Doppelbetts, das sie bis vor kurzem mit meinem Vater geteilt hat, und starrt an die Decke. Sie kocht nicht mehr, die Wäsche türmt sich zu einem Berg, der aus dem Korb quillt und einen immer größeren Teil des Badezimmerbodens bedeckt. Eines Abends komme ich nach Hause und tue, was meine Mutter nicht mehr tut. Ich koche, ich wasche, ich putze. Ich bringe ihr das Frühstück, ich mache Tee, den sie schweigend und meinem Blick ausweichend trinkt, ich kaufe ein, und abends, wenn es Zeit zum Schlafengehen ist, wünsche ich ihr gute Nacht und lösche das Licht. Ich weiß nicht, ob sie schläft. Manchmal meine ich, nachts ihre Schritte zu hören.

Ende August nehmen Maria und ich Abschied. Wir werden einander schreiben, wir sehen einander, wenn sie nach Hause kommt, wir sagen, dass wir die physische Distanz durch unsere Liebe überbrücken können und dass wir daran glauben. Doch wenn ich ehrlich bin, weiß ich nicht, was »unsere Liebe« ist. Als sie davonradelt, nach Hause, zu dem mediokren grauhaarigen Ehepaar, das sie großgezogen hat und nicht vor der Niedertracht der Welt, vor mir, behüten konnte, da weiß ich, dass wir zwei, drei Briefe schreiben werden, eine Ansichtskarte vielleicht, dass das aber die letzten Zuckungen unserer gemeinsamen Zeit sein werden. Das wirkliche Leben wird beginnen. Ein Leben, in dem wir das

Haus verlassen, in dem wir aufwuchsen, die Richtung wählen, die wir einschlagen werden, ein Leben, in dem wir die Verantwortung auf uns nehmen, die zum Erwachsenenleben gehört. Nur weiß ich noch nicht, was das alles einschließt.

Einen Tag oder so nachdem Maria weg ist, kommt meine Mutter aus dem Bett. Sie wäscht sich, zieht sich an, frisiert sich, schminkt ihr Gesicht, und als sie im Wohnzimmer steht, in dem das Augustlicht auf dem Parkettboden glänzt, sieht sie sich um, nickt und macht dort weiter, wo sie aufgehört hat, bevor alles zerbrach. Es gab einen Anfang, es gab ein Ende, und jetzt gibt es wieder einen neuen Anfang.

Das Grün rings um unser Haus ist schwer und stumpf, aber es ist noch immer warm. Ich sitze am Tisch in meinem Zimmer und starre nach draußen, bin mir dieser Phase in meinem Leben sehr bewusst, ein Moment, in dem alles Mögliche anfängt und vieles endet, ein Moment, der eine Trennlinie zwischen dem einen und dem anderen ist, ohne dass ich wüsste, was das eine ist, geschweige denn was das andere sein sollte. Es ist bereits September, als meine Mutter eines Morgens zu mir ins Zimmer kommt und fragt, ob ich nicht in die Schule müsse. Ich sage, ich hätte mich für nichts eingeschrieben. Was ich denn vorhätte mit meinem Leben. Ich weiß es nicht. Sie sieht mich lange an. Ich rufe bei der Universität in Groningen an, und fünfundvierzig Minuten und eine unglaubliche Schwafelstory später darf ich mich nachträglich noch für Archäologie immatrikulieren. Die Zukunft ist gekommen, nicht in Form eines Weges zu einem Ziel, sondern als Unvermeidlichkeit. Ich wusste nicht, dass ich ein Ziel hatte, ich wusste nicht, dass ich auf dem Weg war, und trotzdem bin ich irgendwo angekommen. Zum letzten Mal in diesem Jahr und vielleicht sogar zum letzten Mal in meinem Leben fülle ich einen Rucksack mit Brot und Käse, Wasser, einem Schlafsack und einer Segeljacke und radle zu dem Heidegebiet, das ungefähr zehn Kilometer entfernt von meinem Haus liegt. Es ist einer der letzten wirklich warmen Tage. Schwalben flitzen durch die Luft, ein Schwarm junger Stare geht zwitschernd auf einem grasbewachsenen Weg zwischen Bäumen nieder, Schafe liegen wiederkäuend auf einer Wiese. In einer Gruppe vereinzelt stehender Kiefern, mitten in der Heide, schlage ich mein Quartier auf. Ich bleibe drei Tage, wie ein alttestamentarischer Wüstenprophet, der Gott in der Leere und Absonderung sucht. Gelegentlich sehe ich einen Wanderer. Die Schafherde zieht vorbei. Nachts liege ich in meinem Schlafsack, in einem merkwürdigen Zustand zwischen Schlafen und Wachen, mir dessen sehr bewusst, wo ich bin, das trockene Nadelbett und die brüchigen heruntergefallenen kleinen Zweige unter mir, darunter wiederum die Erde, und in der Erde die Knochen jener,

die hier in den vergangenen viertausend Jahren gelebt haben, ihre Toten in den Grabhügeln beigesetzt
haben, die wabenförmig angeordneten Äcker, auf
denen sie ihr Getreide angebaut haben. Ich denke
an die Gletscher, die diese Landschaft abgeschliffen
und vor sich hergeschoben haben, die riesige Steine
zurückgelassen haben, Moränen und Pingo-Ruinen.
Ich drifte von der einen Welt in die andere. Manchmal bin ich fast wach, und dann weiß ich, wo ich
bin, dass ich studieren werde, dass ich meine Mutter allein lassen werde, dass sich alles ändern wird,
ein Anfang, ein Ende, und dann sacke ich wieder
weg und träume von Shannon, von dem Schrei, der
nachts im Haus der Nachbarn ertönt, und plötzlich
ist die Erinnerung an meine Mutter da, die schluchzend im Wohnzimmer steht, weil im Radio ein Lied
ertönt, ein schrecklicher Schmachtfetzen. *Lass mich
allein, allein mit all meiner Trauer, es ist besser, dass
ich jetzt keine Menschen sehe.* Und mein Spott wegen ihres schlechten Geschmacks. Und jetzt der
Gedanke/Traum, dass sie genau das wirklich fühlte,
Trauer um die, die nicht mehr da waren, ihre Mutter in Sobibor, all die anderen, dass Trauer keinen
Geschmack kennt außer dem bitteren. *Ja*, sagt eine
Stimme, die mich weckt, *viel Gefühl für die Toten
und wenig für die Lebenden.* Dort, mitten in der
Nacht, mitten auf der Heide, in einer Gruppe ver-
einzelter Kiefern, zwischen den Grabhügeln, sitze

ich aufrecht da und versuche, mich an Liebe zu erinnern, Wärme, ein Zuhause. Wie drei Fremde lebten wir in diesem Haus, alles ordentlich, alles geregelt. Essen, Obdach, wie man Fisch isst und wann man was tragen darf. Aber sie hätten auch irgendwelche beliebigen anderen Menschen sein können, meine Eltern. Ich habe kein Gefühl, ich empfinde nichts für sie, nichts anderes als für Nachbarn, Bekannte, Leute, die … Ich schließe die Augen und lausche der Stille. Es dauert lange, bis ich wieder einschlafe.

Ein Tag vergeht. Die dürre Heide riecht nach trockenem Holz unter der späten Sonne. Ich suche nach Steinsplittern und Speerspitzen auf den vom Militär ausgefahrenen Wegen und finde nichts. Ein kleiner Falke steht rüttelnd hoch über dem Feld.

In der letzten Nacht wache ich von einem Geräusch auf. Als ich senkrecht sitze, wird mir bewusst, dass ich mich selbst gehört habe. Ich weiß nicht, welches Geräusch ich gemacht habe. Ob ich etwas gesagt habe. Oder vielleicht gerufen. Um mich herum ist eine samtene Leere. Als hätte die Nachtluft Substanz und das Nichts wäre greifbar. Durch die Kronen der Kiefern sehe ich die Sterne, die wölkende Spur der Milchstraße. Ich spüre die Nacht auf meiner Haut, und als ich einatme, ist mir, als strömte die Dunkelheit durch die Luftröhre in meine Lunge. Vor allem spüre ich die Fülle. Die Jahre, die übereinanderliegenden Jahrtausende. Die

Geschichte der Erde, mit Eiszeiten und schleifenden und schürfenden Gletschern, milde Epochen mit neuen Tierarten und Pflanzen, die Geschichte der Völker, die hier zuerst gejagt haben und danach begannen, Gewächse anzubauen, kleinere persönliche Geschichten. Über alldem der Sternenhimmel, das sich weitende All, neue Sterne, die geboren werden, alte, die sterben. Chaos und Ordnung, Erneuerung und Stillstand. Ich hebe den Arm, meine Hand streicht durch die greifbare Nacht. Ich spüre, wie das Dunkel durch meine Finger gleitet. Am nächsten Morgen erwache ich im Licht, das durch die Baumkronen scheint. Flirrende Sonnensprenkel auf meiner Haut. Ich erinnere mich an die Nacht. Ein starkes Bewusstsein von Ordnung und Chaos als einem Ganzen. Und auch: dass ich niemanden brauche, dass ich mit der Vergangenheit verbunden bin, dass sie meine Familie ist. Wäre ich empfänglich für Mystisches, würde ich es »eins mit dem All« nennen oder »die verborgene Harmonie des Kosmos«. Stattdessen nenne ich es »Talent«, die Fähigkeit, eins zu werden mit dem Chaos, es zuzulassen, so tief im Chaos zu waten, dass man darin aufgeht. Ordnung in der Unordnung. Die Kausalität des Zufalls. Eher Mathematiker als Mystiker. Jemand, der Struktur ins Chaotische bringt, indem er die Geschichte sieht. Es ist kein Denken. Die Komplexität des Chaotischen ist mir durch eine Intuition

aufgegangen und verwandelt sich in ein zusammen-
hängendes Ganzes. Jahre später bekommt diese
quasimystische Erfahrung praktische Bedeutung.
Bei einer Grabung in meinem letzten Studienjahr
stoße ich auf ein Knochenfragment. Die Osteologin
wird hinzugezogen. Gemeinsam kratzen und bürs-
ten wir. Wir liegen bäuchlings auf einem Brett. Ich
folge ihren Anweisungen. Sie sieht alles früher als
ich, hat eine Vorstellung von der Haltung, in der
das Skelett liegen muss, und als ein kleiner Teil des
Beckens sichtbar wird, höre ich sie murmeln, dass
es eine Frau sei. Ich bin ein Blinder in einer unbekannten Umgebung, der anhand der Anweisungen
eines anderen navigiert. Als ich das sage, lacht sie.
Ob ich wisse, was Propriozeption sei. »Die Wahr-
nehmung vom eigenen Körper in Bezug zum Raum
ringsum«, sagt sie. »Tänzer, Sportler, die sind gut in
Propriozeption.« Sie richtet sich auf und kniet jetzt
auf dem Brett. Ich folge ihrem Beispiel und hocke
vor ihr wie ein Schüler vor einem Zen-Meister. Sie
sagt, es gebe vielleicht auch so etwas wie archäologische Propriozeption, ein Bewusstsein vom Arte-
fakt in Bezug auf die Umgebung, dass man dafür
ein Gespür entwickele, dass man allmählich einen
Zusammenhang im scheinbar Unzusammenhän-
genden entdecken könne, dass man die Geschichte
erkenne. Wir machen weiter. Sie bürstet die Kon-
turen des Schädels frei, während ich dem Verlauf

eines Schenkelknochens folge. Ich frage mich, während ich auf dem Bauch liege und die trockene Erde rieche, ob mein Entschluss, Archäologe zu werden, einem unbewussten, aber tief empfundenen Verlangen nach dem Abwesenden entsprang, nach dem, was nicht da ist und erst sichtbar wird, wenn der Verlust empfunden wird, wenn man danach zu graben beginnt. Und was das bedeutet.

4

Du gehst in Richtung Norden los. Was liegt im Osten, dass du da nicht hingehst? Warum sprichst du, wenn du auch schweigen kannst, und warum schweigst du, wenn du sprechen musst? Warum läufst du monatelang scheinbar ungerührt herum und denkst erst jetzt über alles Mögliche nach? Warum nimmt jemand alle ihre Sachen mit und lässt *einen* Karton stehen? Ein ausgebranntes Auto auf einem kleinen Weg im Moor. Ein Mädchen, das an einem Sommernachmittag in den Schweizer Alpen verschwindet. Was geschah davor? Warum? Was geschah danach? Ordnung. Chaos. Das Unerklärliche und das Unerträgliche daran. Du suchst nach Erklärungen, du klebst Scherben zusammen, bis du etwas hast, was du Beweis nennst, was aber vor allem eine Rekonstruktion ist, eine Geschichte, eine Erklärung, die Kette von Ursache und Wirkung, die du brauchst, um zu begreifen. Aber was, wenn es keine Kausalität gibt? Wenn die Geschichte irrational ist, unlogisch, wenn »die Dinge« einfach so geschehen? Oder, falls es irgendwann doch eine Geschichte gab, sie jetzt aber nur aus Fetzen besteht, einem Satz hier, einem Bild da? Was weiß ich noch von Shannon? Dass sie neben uns wohnten, eine Familie wie alle anderen Familien in einem Neubauviertel aus gelben Backsteinhäusern, frisch angelegten kleinen Gärten mit Koniferen, die erst noch wachsen mussten, um zu der Grundstücksabgrenzung zu werden, die alle im Sinn hatten. Überall der Fernseher an der gleichen Stelle, Autos vor der Tür. Auf der anderen Seite der Zufahrtsstraße zu dem Viertel: eine Grundschule. Dahinter: Brachland, hier und da etwas Bauschutt. Eine kleine Weide mit Ponys. Ein Stück weiter: die Sandgrube, in der ich mit Hammer und Schaufel nach Artefakten suchte (und nichts fand). Lange, warme Sommertage. Endloser Novemberregen. Wir gingen nicht auf dieselbe Schule. Wir spielten nicht miteinander. Ich kannte sie eigentlich kaum. Unsere Väter sprachen an herbstlichen Samstagvormittagen über die künftige Koniferenhecke hinweg miteinander, wenn sie im Garten arbeiteten. Unsere Mütter trafen sich vielleicht unter der Woche. Wenn es Sommer wurde, hing der Rauch von den Grillgeräten über den Gärten. Man

»ging beieinander ein und aus«. Abende in den Gärten, Wein und Bier, Gelächter. Leute, die einander in dem Pioniergefühl kennenlernen, das so ein neues Viertel beherrscht, hier an der Stadtgrenze, wo die Bebauung vorläufig zum Stillstand gekommen ist, wo die Pflasterung noch immer nicht ganz fertig ist und der Supermarkt in einem Behelfsgebäude untergebracht ist. Die ersten Klatschgeschichten. Die ersten Zwiste. Die Ersten, die wieder wegziehen. Im Jahr darauf unsere Ferienreise in die Schweiz. Wir und die Nachbarn. Warum? Meine Mutter, viel später, als mein Vater uns schon in diesem Bungalow in dem Expat-Viertel zurückgelassen hatte: »Ans war das alles zu viel geworden, Shannon, die Zwillinge, Ton.« Ans und Ton ... Wie hieß die Straße? »Sie hat Beruhigungspillen geschluckt. Er hat sie manchmal geschlagen, wenn sie sich stritten. Wir dachten: Wenn wir zusammen fahren, dann kannst du die Kinder beschäftigen, und sie haben ein bisschen Ruhe. Du warst still und ruhig. Andere Kinder haben auf dich gehört.« Ein Blick in die Ferne. Als würde die Vergangenheit aus dem Sumpf ihrer Erinnerung hervorbrodeln. »Du hast immer etwas älter gewirkt, als du eigentlich warst.« So ein Name aus den siebziger Jahren, als Kriegshelden, Adlige und Politiker aus der Mode gekommen waren und Straßen auf einmal gemütliche Namen erhielten: Trompete 23, Aquamarin 15. Die Zeit der Setzkästen an der Wand, der Fischnetze über Teenagerbetten, der Schrankwände und der Männer, die anfingen, Handgelenktaschen zu tragen. Ich weiß nicht mehr, wie unsere Straße hieß. Ich habe keine Erinnerung an Shannon, außer diese eine in der Schweiz, kurz bevor sie verschwand. Ein ausgeblichenes Kleidchen. Strubbeliges Haar. Abgetretene Turnschuhe. Es gibt mehr Fehlstellen als Fakten. Es gibt vor allem keine Vorstellung davon, was geschah. Vier Körper, ausgestreckt im Gras. Feldflaschen, Tupperwaredosen, der Rucksack, ausgezogene Jacken/Westen. Zwanzig Meter weiter ein aus zwei Pullovern gebildetes Tor. Ein orangefarbener Ball mit schwarzen Fünfecken. Die Jungs (wie hießen sie?) rennen ziellos hin und her und tauchen von Zeit zu Zeit zu ihrer eigenen Überraschung plötzlich vor dem Tor auf. Ich erkläre ihnen, wie man mit der Innenseite des Fußes schießt. Jemand ruft, es sei Zeit, zusammenzupacken und zu gehen. Wo ist Shannon? Suchen. Rufen. Wann ich sie zuletzt gesehen hätte. Ich weiß es nicht. Wir hätten doch zusammen gespielt, oder? Wir spielten Fußball, und Shannon wollte nicht mitmachen. Eine Frage, die nicht gestellt wird, die ich aber trotzdem höre: Du solltest doch auf die Kinder aufpassen? Und meine Antwort, ebenfalls nicht ausgesprochen: Warum? Ich bin genauso alt wie Shannon. Bin ich kein Kind? (Bin ich meines Bruders Hüter? Das viel später. Ebenfalls unausgesprochen.)

Ver-ant-wor-tung.

Die Eltern im Gras. Der Fußball. Der Himmel weißblau und die Sonne ein greller Schleier. Die Berge. Die Täler. Die blühenden Almen. Jedes Mal, wenn ich an diesen Nachmittag denke, sehe ich das. Aber keine Shannon. In meiner Erinnerung ist sie bereits verschwunden. Ich weiß, dass sie da ist, weiß, was geschehen ist, und darum sagt meine Erinnerung, dass sie nicht Fußball spielen wollte – oder doch; dass ich sie wegschickte – oder nicht. Die Geschichte jenes Nachmittags verlangt, dass sie da ist, aber ich weiß es nicht mehr, sie fehlt in den Bildern in meinem Kopf. Ich muss sie hineinsetzen, damit es stimmig wird.

Joyce verschwindet ebenfalls. Sie wird zu einer Sammlung loser Fragmente, einem Spiegel, der auf dem Fußboden zerborsten ist. Dieser Haufen Scherben, das ist Joyce. Ihr schwarzes Haar. Ihre Augen. Ihre immer lackierten Nägel. Ihr Mund. Das eine Mal, als sie das machte. Das andere Mal, als sie etwas nicht machte. Es kommt eine Zeit, da fügt man die Scherben zusammen, und das Ergebnis heißt dann »Joyce«. Sie ist es nicht. Du weißt schon nicht mehr, wie ihre Stimme klang. Du musst dich anstrengen, dir ihr Gesicht vorzustellen. Woran du dich erinnerst, ist etwas, was du »Joyce« nennst oder »Ehe«. Die Schwafelstory, die du daraus gemacht hast. Sie war da. Sie verschwand. Ende, aus, vorbei, Amen. Ein Anfang, der anfing, ein Ende, das endete, *ist es lange her, ist es lange her ...*

5

1. Gab es einen Plan, wegzugehen? Falls ja, wie sah er aus? Falls nein, war das Weggehen dann
   a) ein Impuls
   b) eine Epiphanie
   c) eine Tat, die sich aus der damaligen Situation ergab
   d) Panik?
2. Waren die Beweggründe, die dazu führten
   a) eine Folge der letzten Zeit
   b) die Folge einer langsamen Entwicklung
   c) eigentlich schon immer präsent gewesen?
3. Hat das Weggehen zu einer Verbesserung der Lebensqualität geführt? Warum? Warum nicht?
4. Erkläre.
5. Gibt es Gefühle von Trauer, Verlust, Bedauern, Kummer?
6. Was wird man jetzt machen? Was wird man anders machen? Was wird man jetzt nicht mehr machen?
7. Existiert Glück?
8. Warum? Definiere.

6

Amseln und Drosseln suchen Würmer im nassen Gras. Dunkle Wolken und zwischendurch von Zeit zu Zeit plötzlich helles Sonnenlicht. Ein holländischer Herbst.

Aus einem Traum erwacht, in dem Joyce in einem geblümten roten Kleid durch den Regen geht. Ihr Haar wird nass. Das Kleid klebt an ihren Beinen. Sie hebt den Kopf, der Regen fällt ihr ins Gesicht. In der Ferne Berggipfel, die sich hinter Wolkenfetzen verbergen. Der Nadelwald am Berghang dampft. Dann hört der Regen auf. Ich gehe zu ihr, ergreife ihre Hände, und während ich sie ansehe, sage ich etwas, was ich nicht verstehe.

Was habe ich zu ihr gesagt?

Unter der Dusche, die Augen geschlossen, Wasser, das ich in einem Versuch der Traumdeutung über mein Gesicht strömen lasse. Was habe ich gesagt?

Als ich die Katze füttere, läutet das Telefon. Es ist Shannon Sital, die von ihrem Vater nach dem Sänger benannt wurde, der einen einzigen Hit hatte. Ich habe ihn mir heute Nacht angehört.

I'm a-walkin' in the rain
Tears are fallin' and I feel the pain
Wishin' you were here by me

To end this misery
I wonder
I wah-wah-wah-wah-wonder
Why
Why, why, why, why, why
She ran away

And I wonder
Where she will stay
My little runaway
A-run, run, run, run, runaway

Ich weiß nicht, ob Joyce ein »little runaway« ist. Aber es stimmt, dass ich mich frage, wo sie jetzt ist, wie ihr Leben aussieht. *Where she will stay* … Das auch. Wo sie jetzt ist. Ist sie zu Hause? Was ist »zu Hause« für Joyce?

Ob ich aufs Revier kommen könne.

»Meiner Meinung nach habe ich alles erzählt, was ich weiß.«

Aber das müsse schriftlich festgehalten werden, und ich müsse den Text genehmigen und unterzeichnen, und das gehe nur …

»Heute Nachmittag?«

»Heute Nachmittag.«

Ich lehne mich an die Spüle und sehe der Katze zu, die ihr Trockenfutter frisst. Warum ist sie zu mir gekommen? Warum ist sie jemandem zugelaufen, der nie das Bedürfnis verspürt hat, ein Haustier zu haben? Weiß sie etwas, was ich nicht weiß? Das wäre gut möglich, denn ich weiß fast nichts.

Als ich zum Lager fahre, beginnt sich der Himmel zuzuziehen. Dicke graue Wolken treiben von Osten heran. In Höhe des Erinnerungszentrums fällt der erste Regen. Als ich durch den Wald fahre, ist es so dunkel geworden, dass man meinen könnte, es sei Abend.

Die Grabungsstätte ist ein einziger Morast. Man hat ein Partyzelt über der Grube aufgebaut, wer nicht gräbt, hat sich im Poncho oder in einer Segeljacke unter die Bäume gestellt. Es ist so dunkel, dass man die einzelnen Schichtungen kaum voneinander unterscheiden kann. Nicht, dass es in unseren Testgruben viele gäbe. Der Müllberg des Lagers war nur wenige Jahre in Gebrauch. Es gibt Schrebergärten, die über mehr Schichten verfügen. Ich unterrichte Igor über die Gründe für meine Abwesenheit und die Tatsache, dass ich am Nachmittag schon wieder wegmuss.

»Du hast da an einem Nachmittag mehr gefunden als wir hier in einer Woche«, sagt er trocken.

»Du kannst mich anrufen, wenn du mich brauchst«, sage ich.

Igor lächelt. »Geh. Wir kommen bestens ohne dich zurecht.«

Das neue Motto meiner Existenz: Man kommt

ohne mich zurecht. Die Einzige, die mich zurzeit braucht, ist eine Polizeibeamtin, und das ist wahrscheinlich nur von kurzer Dauer. Ich frage mich, ob ich Joyce brauchte. Sie mich nicht. Da bin ich mir sicher. Ich war eine Ergänzung ihres Lebens. Nicht der Sinn. Warum brauchte ich sie? Es war mehr als Liebe, Begehren, Bedürfnis nach einem anderen. Ich brauchte sie auch, vielleicht sogar vor allem, weil ich der *someone* in »Someone to Watch Over Me« sein wollte. Was sagt das über sie, über mich, über uns? Warum will ich jemand im Leben eines anderen sein? Ein Verlangen nach Bedeutung, Sinn? Oder ist genau das Liebe, das heißt: nicht etwas, wodurch die Bedeutungslosigkeit und Sinnlosigkeit deines Lebens aufgehoben wird (mein Leben war nicht ziellos und sinnlos, bevor ich sie kannte), sondern ein zufälliges Ereignis, wodurch Bedeutung und Sinn entstehen? Ich wollte sie kennen, ich wollte, dass wir uns nackt gegenüberstehen, ohne Scham, ohne Vorbehalt. *Es geht nicht um Sex*, sagte ich, *sondern darum, wer wir sind, dass wir keine Fremden füreinander sind.* Joyce: Ob ich vielleicht so viel von ihr wissen wolle, damit ich sie kontrollieren könne. *Du bist die ganze Woche in Amsterdam*, sagte ich, *ich bin hier. Wenn ich dich kontrollieren wollte, wie sollte das denn gehen?* Und dass es nicht um Misstrauen gehe, sondern um das Gegenteil, dass wir einander und uns selbst so sehr vertrauten, dass wir ohne Furcht wären, verletzlich, weil wir wüssten, dass der andere … Nackt. Wie der erste Mensch. Ohne das Feigenblatt der Scham und Moral und …

Eine Fantasievorstellung von der romantischen Liebe im Zeitalter des kalkulierenden Bürgers, in einem Moment der Geschichte, in dem Liebe und Sex soziobiologisch und neoliberal gedeutet werden, in dem die Ökonomie der Beziehung und ihr realistischer Gehalt wichtiger sind als das, was in der Tiefe liegt und nicht in Begriffen von Markt und Kultur (Sinn, Bedeutung) erklärt werden kann. Und wovon sprichst du dann, Samuel Hagenau? Von Chemie? Der Magie der Liebe? Oder gleicht es dem Glauben an Gott? Auch so etwas, was nicht greifbar ist, was du nicht beweisen kannst, was irreal ist und im Widerspruch zu allem steht, aus dem »der moderne Mensch« sein Weltbild bezieht. Gläubige können ihren Gott herzzerreißend lieben, sogar wenn der Glaube sie nicht mehr überzeugen kann. So wie du selbst noch immer tief bewegt sein kannst, wenn du Psalm 23 gesungen hörst *der Herr ist mein Hirte, mir wird nichts mangeln. Er weidet mich auf einer grünen Aue und führet mich zum frischen Wasser.* Ein Verlangen. Nach Gott? Nach etwas, jemandem, der dir die Last des Lebens von den Schultern nimmt? Und was war Joyce dann? Oder was war ich dann für sie? Dass ich ein Gott für sie sein wollte. Dass sie meine Göttin war. *Da bin ich ge-*

worden in ihren Augen wie einer, der Hingabe an-
bietet ...

Natürlich ging es auch um Sex. Letztlich geht immer alles um Sex. Das ist der Bereich, in dem die Schichten abgetragen werden, die Masken fallen, wir zurückkehren zu dem, der wir waren, bevor wir uns ausdachten, wer wir sein wollten. Die Aufhebung des »Ich«, Hingabe. Diese Dinge. Der hochgestimmte höfische Bullshit, an den ich glaubte und Joyce nicht. Für Joyce war Hingabe Kapitulation. Die Wache bezog ihren Posten, die Zugbrücke ging hoch, Stellungen wurden eingenommen. Ich lief trommelnd und trompetend um die Mauern herum, doch niemand erschien auf den Zinnen, um zu schauen, woher der Lärm kam. Joyce, mein Jericho.

Manchmal aber ...

Eines Abends, sie hat ein Bad genommen und sitzt im Bademantel auf der Bettkante, um ihre Beine einzucremen. Ich komme ins Schlafzimmer. *Stell deinen Fuß auf meinen Oberschenkel.* Ich verteile die Bodylotion über ihre Unterschenkel, ich knete die Waden, die Fußknöchel, ich massiere ihre Füße, gehe aufwärts, die Knie, das Stück Schenkel genau über dem Knie. Sie stützt sich, leicht argwöhnisch, auf die Ellbogen und schaut zu, doch nach einer Weile sinkt sie zurück, und nun liegt sie auf dem Rücken, den Bademantel halb geöffnet, und du massierst die Lotion in ihre Schenkel, auf der Vorderseite, hinten, aufwärts und abwärts und wieder hinauf. Sie hat die Augen geschlossen. Du packst sie am Arm und drehst sie auf den Bauch. *He!* Du schiebst den Bademantel hoch und verreibst die Lotion im Lendenbereich, auf dem Gesäß, der Innenseite ihrer Schenkel, im Lendenbereich, nach oben, zwischen den Schulterblättern, nach unten, auf ihrem Gesäß, zwischen den Gesäßbacken. Sie ist still und sanft. Du ziehst ihr den Bademantel aus und massierst ihre Schultern. Ihren Nacken. Ihre Arme. Du streichelst ihre Beine, von den Fußknöcheln aufwärts, die Innenseite ihrer Schenkel. Du ziehst den Gürtel aus dem Bademantel und bindest ihr die Hände auf dem Rücken zusammen. Sie erstarrt. Du beugst dich über sie. Dass sie *nein* sagen könne. Dass sie immer *nein* sagen könne. Ihre Hüften bewegen sich. Du streichelst die Innenseite ihrer Schenkel. Du knetest ihre Gesäßbacken und ziehst sie sanft auseinander, und mit dem Daumen streichelst du sie da. Ein leises Stöhnen. Du lässt die Hände über ihren Lendenbereich nach oben wandern, zu ihrer Taille, du hältst sie fest und beugst dich vor und leckst ihre Möse.

Später, als sie sehr feucht ist und sehr geil, drehst du sie so, dass sie auf den Knien kauert, und du dringst in sie ein, ihr Kopf auf der Matratze, Hände auf dem Rücken gebunden, Hintern hochgereckt.

Später: »Ich weiß nicht, wie ich das finde.«

Du sagst: »Vielleicht geht es darum, was du fühlst.«

Sie antwortet nicht.

»Nein heißt nein. Du sagst es.«

»In meinem Kopf …«, sagt sie.

»Was ist in deinem Kopf?«, fragst du.

Sie schweigt.

Zwei Wochen später fragt sie, ob wir »das mit dem Gürtel« noch einmal machen können.

In meinem Kopf … Wo du sein willst. Du zwischen ihren Beinen, dein Schwanz in ihr, doch wo du sein willst, das ist in ihrem Kopf, so wie sie in deinem Kopf ist, dass ihr …

Ach, ihr Ritter, wollt ihr eine schöne Geschichte hören von Liebe und Tod? Es ist die Geschichte eines Mannes und einer Frau und wie die Liebe starb durch seine Hand und durch ihre Hand, weil sie nicht wussten, dass, wer liebhaben will, die Liebe selbst lieben muss.

Manchmal war es da und verschwand, ohne dass ich wusste, warum … das eine Mal, als sie rittlings auf meinem Schoß saß, ihre Hand zwischen ihren Beinen, Hüften, die sich träge bewegen, von Zeit zu Zeit eine Grimasse, ihre Wangen nehmen Farbe an, ihr Mund öffnet sich, Kopf im Nacken, der Hals rötet sich, der sanfte Rhythmus ihrer Hüften. Du siehst sie an, willst sie festhalten, willst sie in die Arme nehmen, doch als du versuchst, sie an dich zu ziehen, drückt sie den Rücken durch, wendet den Kopf ab, die Augen geschlossen, ihr Kopf bewegt sich überallhin außer zu dir. Später liegt ihr nebeneinander, deine rechte Hand auf ihrem linken Schenkel, ihr Atem, der langsam zur Ruhe kommt, und du willst etwas sagen, etwas fragen, vielleicht, aber du bekommst die Worte nicht aus der Kehle, sie sind da, bereit, ausgesprochen zu werden, ganze Sätze, die nur über deine Lippen kommen müssen, aber es gelingt dir nicht. Was ist los? Du räusperst dich. Du öffnest den Mund.

Ob sie Wasser wolle, fragst du. Heiser. Rau.

Im Bad, wo du ein Glas füllst, siehst du dich im Spiegel, und plötzlich weißt du, dass etwas in dir, bevor du es selbst wusstest, bevor es dir bewusst wurde, beschlossen hat, ihr keine Fragen mehr zu stellen. Du bist in ein unbekanntes Gebiet aufgebrochen, ohne Karte und ohne Kompass, gelockt von der Leere hinter dem Horizont, und jetzt bist du dort angekommen, wo das Unsichtbare beginnt, und es zeigt sich, dass es nicht unsichtbar ist, weil du es nicht sehen kannst, sondern dass es unsichtbar ist, weil es nichts zu sehen gibt. Bist du an Joyce' Grenze gelangt oder an deine eigene? Kennst du so viel von ihr, wie du kennen kannst (so viel, wie du kennen darfst), oder ist dein Instrumentarium zu beschränkt, um an den Ort zu gelangen, zu dem du willst?

Du gehst zu ihrer Bettseite, setzt dich, du gibst ihr das Glas und siehst zu, wie sie, auf einen Ellbogen gestützt, trinkt. *Ich liebe dich*. Das meinst du wirklich, immer, denn selbst wenn sie noch so abwesend ist, du liebst Joyce, auch wenn du allmählich überhaupt nichts mehr verstehst, sie nicht, dich nicht und euch schon gar nicht. Sie lächelt. *Ich dich auch*. Dein Blick auf ihr. Wie sie trinkt. Wie sie dir das Glas gibt und sich wieder auf den Rücken fallen lässt. Das Mechanische von alldem. Und in deinem Kopf: dass es mehr geben muss, mehr als einen Austausch von Freundlichkeiten und guten Absichten, mehr als die Erfüllung von Erwartungen, mehr als den Liebesakt. Aber was? Du weißt es nicht genau. Ein Opfer? Eine Geste? Ein Wort? Während du aufstehst und ins Badezimmer gehst, wo du die Dusche aufdrehst und mit der Hand fühlst, ob das Wasser schon warm wird, formt sich ein Singsang in deinem Kopf: *Die Worte sind leer ohne die Taten, die Taten sind leer ohne die Worte*. Du trittst unter die Dusche, Wasser über dich, das Rauschen des Wassers, das Prasseln des Wassers auf den Fliesen, die Stille zwischen dem Ticken der Tropfen auf den Fliesen. *Die Worte sind leer ohne die Taten, die Taten sind leer ohne die Worte, Worte sind leer ohne Taten, Taten sind leer ohne Worte, Worte sind Taten, Taten sind Worte.*

Dass du vielleicht die Leere suchst. Nicht, um sie zu erkunden, sondern aus einer Art pervertiertem Horror Vacui heraus: Du wirst von dem angezogen, was nicht da zu sein scheint. Dass sie das vielleicht verkörpert und dass du, Samuel Livingstone Hagenau, jetzt einfach mal in das große Unbekannte ziehen wirst, um es meisterhaft zu kartieren. *Hic sunt leones.* Wie sie mal, ganz zu Anfang, gesagt hatte, man könne einander nie wirklich kennenlernen, und dass du geantwortet hattest, dass das keine binäre Frage sei, sondern eine Frage von Willen und Mut und Einsatz, das heißt: dass du dich kennen lassen wolltest, dass das nie vollständig sein würde (die dunklen Winkel des Geistes und so weiter), dass aber eine Interpretation möglich sei, Extrapolation ... Und die plötzliche Erkenntnis, dass sie vielleicht etwas anderes meinte, als sie das sagte, nämlich dass dieses ganze »Kennenlernen« aus ihrer Sicht ein hoffnungsloses Projekt war, weil sie gar nicht gekannt werden wollte.

Das Wasser strömt über dich, es rauscht und prasselt. *Die Worte sind leer ohne die Taten die Taten sind leer ohne die Worte Worte sind leer ohne Taten Taten sind leer ohne Worte Worte sind Taten Taten sind Worte.*

Du gräbst, du findest, aber du hast keine Ahnung, welche Rolle dein Fund in *the wider landscape* spielt. *The wider landscape*, die Joyce ist. Oder vielleicht ist es eher eine *ritual landscape*. Rituell, so wie vor ein paar tausend Jahren ein Knochen eines Vorfahren unter der Schwelle einer Hütte vergraben wurde, unsichtbar, verborgen, aber von großer Bedeutung, da er eine Verbindung zu früher darstellte, zur Geschichte, zu denen, die vor dir da waren, zu lange zurückliegenden Ereignissen. Etwas Unsichtbares als Erinnerung daran, was unsichtbar ist. Und dass das ihr Ding ist: das in Ehren gehaltene Unsichtbare, das die Erinnerung an das gefürchtete Unsichtbare lebendig erhält.

Die Frage, weshalb du dich selbst als Archäologen definierst, wenn du über Liebe sprichst. Ein Archäologe, der sich hinkniet, mit seinem Handylicht unter das Auto leuchtet und hört, wie die Welt den Atem anhält.

Vielleicht weil du dir, trotz dieses ganzen Sichnackt-Gegenüberstehens und Fallens, um gefangen zu werden, etwas von, wie sagt man, Vernunft, Logik, *sanity* erhalten willst? Oder weil du das Unbegreifliche begreifen willst, das heißt: Joyce, eine Katze, die dir zuläuft und nicht mehr weggeht, Shannon, ein buddhistisches Einäscherungsritual unter einem gestohlenen Auto, dich selbst, und weil du deshalb der Liebe mit Hingabe und zugleich Skepsis entgegentrittst?

Skepsis. Zum Beispiel: was du nicht glaubst, weil

a) es zu schön ist, um wahr zu sein
b) es in jener Anfangsphase einer Beziehung gesagt oder getan wird, in der der Wunsch, dem anderen zu gefallen, groß ist und das Bedürfnis nach Wiedererkennen dringend (*Wir lieben dieselbe Musik! Ich fand auch, das ist sein bester Film! Ich will, dass du in meinem Mund kommst.*)
c) Verliebtheit Hand in Hand geht mit Übermut.

Womit du nur sagen willst, dass du, so Hals über Kopf und total und voller Hingabe du dich auch hineinstürzt, doch nicht von allen guten Geistern verlassen bist. Dass du immer noch nachdenkst, analysierst, beobachtest, interpretierst. Dass du jemand bist, der zwar mit geschlossenen Augen in eine unbekannte Tiefe springt, gleichzeitig aber, während er fällt und fällt und fällt, sehr viel nachdenkt. Das Paradox, das du bist, will das Paradox ergründen, das der andere ist. Ein grübelnder Tristan.

Ist es lange her, ist es lange her …

Wasser strömt über dich, Erinnerungen füllen dich. Der lange Spaziergang durch Wald und Wiesen, als ihr euch verirrt hattet und sie vor dir herging, ihr langer Rock, die Jeansjacke, die Sonnenbrille in ihrem Haar. Als du auf den Tisch geklettert bist, an dem sie arbeitete, und du dich vorgebeugt und sie auf den Scheitel geküsst hast. Ihr Lachen. Das eine Mal, als sie deinen Kopf an ihre Brust drückte, als deine Mutter schrie, sie wolle nicht »abtransportiert« werden, als man sie ins Pflegeheim brachte. Jener Sommerabend in einem Straßencafé am Veerhaven in Rotterdam, die Sonne, die hinter Gebäuden verschwunden ist, das Wasser im Fluss ein goldenes Glitzern von spätem, fernem Licht und ihr frohes Gesicht, dieser Moment ... du, sie, ihr ... Alles. Leer und voll zugleich. Hoffnung und Verzweiflung. Schrödingers Katze in der Büchse der Pandora. Wo es hingehen soll. Mit dem Leben. Mit dir. Der Gedanke (Furcht/Ahnung/Vermutung), dass es nie mehr jemanden geben wird, der dich liebt (nicht so), dass du nie mehr jemanden lieben kannst (nicht so) und auch, dass du dich dermaßen getäuscht hast mit deiner totalenvollständigenallesbeherrschenden Liebe, dass, falls irgendwann doch noch jemand kommt, du der Letzte bist, der sich trauen wird zu springen, blindlings, kopfüber ins Dunkel, in dem Vertrauen, dass dich jemand fängt, dass dort jemand sein wird, der selbst auch blindlings ins Dunkel springt und weiß, dass du da bist und sie auffängst.

Ich liebe dich. Ich dich auch.

Erst jetzt, unter der Dusche, überlegst du dir, dass es schon sehr lange nur diese pflichtmäßige

Reaktion gab. Du hast das fast unbemerkte Verschwinden der Liebesbekundungen wahrgenommen, aber nicht als Signal gesehen, als Zeichen, dass etwas nicht in Ordnung ist (*das geht nicht gut*). Eine Art selektiver Blindheit, die du nur erklären kannst mit

   a) deiner nach wie vor anhaltenden Verliebtheit
   b) deinem fast obsessiven, nein, demonstrativen Vertrauen (mit gutem Beispiel vorangehen, und so weiter)
   c) der instinktiven Weigerung zu akzeptieren, dass jemand dich möglicherweise auch nicht lieben kann, aufhören kann, dich zu lieben.

Liebst du mich eigentlich noch, Joyce?

Nein, das sagst du nicht. Das wirst du nicht sagen. Aus Angst vor der Antwort? Und falls sie kommen sollte, fürchtest du dann die Bestätigung oder die Leugnung?

Du stellst die Dusche ab, das Wasser tropft an dir herunter. Du bist sauber, aber nicht gereinigt. Worte, Taten, Taten, Worte. Alles ist von sich aus leer.

Tayatha gate gate paragate parasamgate bodhi soha.

Tayatha gate gate paragate parasamgate bodhi soha.

7

Die Polizeidienststelle befindet sich in einem anonymen klotzigen Hochhaus an einer Schnellstraße. Katalogmöbel, Räume, die man vergisst, sobald man sie verlässt, Systemwände und Automatenkaffee, der für Cappuccino durchgehen will. Sital steuert mich zu einem unbequemen Stuhl an einem Resopaltisch. Ob ich vielleicht Fremde in der Nähe der Grabungsstätte gesehen hätte. Ich schüttle den Kopf. Ob es ein schöner Fleck zum Spazierengehen sei, das Hingsteveen.

»Ich arbeite auf dem Lagergelände«, sage ich. »Es war das erste Mal, dass ich dort hingegangen bin.«

Sie notiert.

Es interessiert sie nicht, ob es ein schöner Fleck zum Spaziergehen ist. Es ist keine Frage, sondern ein Peilstock, der in den Boden gesteckt wird, um zu untersuchen, was sich unter der Oberfläche verbirgt. Aber vielleicht verwechsle ich ihre Fragen mit meinem eigenen Stochern im dunklen Boden.

»Nichts gehört, nichts gesehen?«

Ich blicke sie an. Sie blickt mich an.

»Alles, was ich gestern erzählt habe«, sage ich, »ist alles, was geschehen ist. Ich kam anspaziert, ich sah das Auto, ich ging hin, ich schaute darunter. Punkt. Aus.«

»Ich habe ein kleines Problem mit diesem Darunterschauen.«

Wenn jemand »ein kleines Problem« sagt, meint er das Entgegengesetzte. Es ist das »ja, sorry« des kultivierten Menschen. Ja, sorry, aber ich … Und damit ist keineswegs »sorry« gemeint. »Ja, sorry« ist der Auftakt zur Opposition.

»Angenommen, du gehst da spazieren, an deinem freien Tag, und siehst so ein Auto. Dann schaust du drunter.«

»Ich bin Ermittlerin bei der Polizei«, sagt sie.

»Ich bin Archäologe«, sage ich. »Ich stochere. Ich grabe. Es ist meine zweite Natur, unter, hinter und in etwas zu schauen. Ich bin pathologisch neugierig nach dem Verborgenen.«

Als ich sie »pathologisch neugierig« aufschreiben sehe, entweicht mir ein hörbarer Seufzer. Sie blickt auf.

»Nein, mach nur weiter«, sage ich. »Ich muss mich erst an die Idee gewöhnen, dass dies eine Situation ist, in der man nicht a priori Vertrauen genießt.«

Ihr Blick lässt mich nicht los.

Ich glaube nicht, dass Joyce mir vertraute. Und schon gar nicht a priori. Meiner Meinung nach dachte sie, ich sei in der Marktwirtschaft der Liebe auf der Suche nach einer vorteilhaften Position. Nach Wissen, das mir einen Beziehungsgewinn ver schaffen würde. Das heißt eine Position mit Einfluss und Macht. Joyce war in weit höherem Maße ein moderner Mensch als ich mit meinen romantischen Vorstellungen aus dem achtzehnten Jahrhundert und meiner Weigerung, die Liebe zwischen zwei Menschen als Marktplatz von Dienstleistungen, Gunstbezeigungen und Sex zu sehen, als Versicherung gegenseitiger Hilfe bei Krankheit und Tod, als Lösung für die Logistik des Einpersonenhaushalts. Alles wird in ökonomischen Metaphern erörtert. Aus den sozial denkenden Bürgern des Solidaritätsstaates sind kalkulierende Spieler in der Marktwirtschaft geworden. Der Sieg des ökonomischen Pragmatismus über die schuldigen politischen Ideen des letzten Jahrhunderts hat aus uns kleine Mittelständler gemacht, die sich nicht mehr vorstellen können, dass es etwas umsonst gibt. Alles hat einen Preis und ist eine Sache von Angebot und Nachfrage. Aber die Liebe zwischen zwei Menschen als Markplatz, daran kann ich nicht glauben. Daran will ich nicht glauben. Es ist sehr viel mehr. Es muss sehr viel mehr sein. Wenn es nicht sehr viel mehr ist, dann ist das Projekt Mensch gescheitert. Dann sind wir nichts anderes als das Kanonenfutter der Wirtschaft.

Shannon Sitals Telefon klingelt, und während sie ein Gespräch mit vielen Abkürzungen führt, starre ich durch die getönte Fensterscheibe nach draußen, auf ein Betriebsgelände mit einer SB-Tankstelle, einem Küchengeschäft, einem Betten-Outlet. Was will sie von mir? Ein Schuldeingeständnis? Und falls ja, welches? Dass ich nicht unter dieses Auto hätte schauen dürfen? (Ja, sorry.) Dass ich diese Leiche verbrannt habe? Ich, mit meinem Wissen von obskuren buddhistischen Sterberitualen? An der Tankstelle tankt gerade ein Mann und raucht dabei eine Zigarette. Es dauert nur einen Moment, aber ganz kurz sehe ich sein Auto in Flammen gehüllt und den Mann, wie er als Fackel an den Zapfsäulen entlangrennt, die Löschanlage, die eine ungeheure Menge an Schaum ausspuckt und alles flaumig weiß macht.

»Warum sind Sie … Warum bist du zum Hingsteveen gegangen, wenn du nie vorher dort warst?«

Da haben wir's wieder.

»Weil ich allein sein wollte und weil man dann zwei Möglichkeiten hat: nach Osten oder nach Norden.«

»Und warum bist du nicht nach Osten gegangen?«

Ich kann diese Frage nicht beantworten, Shannon. Ich kann eigentlich gar keine Frage beantworten. Ich tue Dinge und weiß nicht, warum ich sie tue. Ich sage zu Joyce, dass der Wunsch, glücklich zu sein, Verantwortung mit sich bringt, dass man nicht auf seinem Arsch sitzen bleiben und warten kann, bis das Glück wie eine Art emotionales

Manna auf einen herabfällt. Ich kann die Frage nicht beantworten, warum ich nicht den Mund halte, sondern solche Dinge sage. Ich laufe in den Wald und habe kein Ziel. Alles fließt, und du bist okay, ich bin okay, alles ist okay.

»Meine Frau hat mich verlassen«, sage ich.

Ein leeres Gesicht blickt mich an.

»Das tut mir leid«, sagt sie nach einer Weile.

»Ich wollte nachdenken. Ich bin einfach losgegangen. Ich hätte mich auch aufs Klo setzen können, aber wir haben da diese mobilen Toiletten, und …«

»Ich verstehe«, sagt sie.

Das wage ich zu bezweifeln. Sie hat diese Klos nicht gerochen.

»Ich sehe, dass du eine Firma hast …«

»Eine Firma«, sage ich. »Ich bin Solo-Selbständiger, ein Stückgutarbeiter. Ich habe eine Firma, genauso wie die Männer und Frauen in den weißen Kleinbussen, die dir deine Pakete bringen, eine Firma haben. Wie die Reinigungskräfte, die Taxifahrer, die Bauarbeiter, das medizinische Hilfspersonal. Alles Leute, die keinen Job haben, aber sich auf dem Markt behaupten müssen und daher unter Preis arbeiten, weil es für dich immer zehn, hundert, vielleicht sogar tausend andere gibt.«

Sie blickt mich forschend an.

»Für mich ist das nicht so schlimm«, sage ich.

»Ich lebe allein, ich habe wenig Wünsche, ich wohne preiswert. Aber die meisten Solo-Selbständigen haben Familien, die sie kaum unterhalten können. Und das wäre vielleicht nicht mal so schlimm, wenn sie sich freiwillig entschieden hätten, selbständig zu arbeiten. Aber das ist nicht so. Sie sind von den echten Firmen auf den freien Markt gezwungen worden, weil es für diese echten Firmen billiger ist, Gelegenheitsarbeiter anzuheuern und damit möglichst wenig Verpflichtungen zu haben. Genau wie alle diese anderen Solo-Selbständigen habe ich keine Altersversorgung, keine Erwerbsunfähigkeitsversicherung, denn die ist zu teuer. Ich muss weiterarbeiten, bis ich zusammenbreche, sonst kann ich nicht mehr wohnen, wo ich jetzt wohne, nicht mehr essen, was ich esse, und nicht mehr in dieser alten Karre fahren, die ich Auto nenne. Wir sind einfach wieder zurück im neunzehnten Jahrhundert.«

»Es war eine Feststellung«, sagt sie. »Keine Qualifikation.«

»Sorry«, sage ich. »Ich neige manchmal dazu …«

»… dich zu ereifern?«

Ich lächle. Sie lächelt nicht zurück.

»Ich möchte den Weg gehen, den du gegangen bist. Mit dir.«

»Ich bin keinen bestimmten Weg gegangen«, sage ich. »Ich habe ein Bein vor das andere gesetzt und bin irgendwo gelandet.«

»Trotzdem. Ich möchte es gern im Kopf ordnen.«
Ob ich jetzt Zeit hätte.

Zeit ist das Einzige, was ich im Überfluss habe.

Unterwegs im Auto ist es still, abgesehen von Tony Bennett, der in meinem Kopf angefangen hat, »But Beautiful« zu singen.

Love is funny, or it's sad
Or it's quiet, or it's mad
It's a good thing or it's bad
But beautiful
Beautiful to take a chance
And if you fall you fall
And I'm thinking I wouldn't mind at all

Bei all dem Blödsinn, den die Sozialwissenschaften untersuchen, fehlt noch eine Studie über den Soundtrack, der unsere Handlungen begleitet. Es ist vielleicht drei Jahre her, seit ich Tony Bennett zuletzt hörte, und jetzt ist er plötzlich in meinem Kopf. Warum? Ist das bei jedem so? So oft? Ist es so etwas wie der innere Kommentar, der die ganze Zeit mitquatscht, wenn ich etwas mache, oder ein Teil davon?

»Diese Grabungen auf dem Lagergelände«, sagt Sital, »was ist damit? Was macht ihr?«

Es ist eine neue Disziplin. Der Leiter unseres Projekts gehört zu der Gruppe, die Sobibor archäologisch untersucht hat. Westerbork ist kleiner. Die Artefakte, die wir zutage fördern, sind rührend – ein Anhänger, ein Schuh, eine Hustensirupflasche, Keramikscherben –, aber wenig spektakulär. Das werden sie erst in einem größeren Kontext, wenn man weiß, dass jemand sie von zu Hause mitgenommen hat, und wenn man am Ende der Linie wieder auf die gleiche Art von Gegenständen stößt. Dort, bei der großen internationalen Grabung in Sobibor, wurden Kämme, Tonscherben und Ringe ausgegraben, die in Amsterdam, Venlo oder Aalten ihre Reise in einem Rucksack angetreten haben, in Westerbork benutzt wurden und fast sechzig Jahre in polnischer Erde gelegen haben, bevor sie wieder ans Licht kamen. Ich denke nicht, dass die Besucher, die uns beim Graben zuschauen, das wissen.

Archäologische Untersuchungen auf dem Gelände von Lagern löst eine Menge aus bei Behörden, Organisationen und Bürgern. Da ist ein Hauch von Tabu, nicht nur weil das Bodenarchiv neueren Datums ist, sondern vor allem auch weil es darum geht, was der Mensch seinem Mitmenschen hier in industrialisierter Form angetan hat. Dürfen wir das überhaupt berühren? Entheiligen wir diesen Ort nicht, wenn wir graben? Das sind die Fragen. Ohne dass eine staatliche Instanz eingeschritten ist, ohne dass jemand sich das ausgedacht hat, sind es sakrale Orte geworden. Die Gräuel der Schlachtfelder haben wir irgendwie als Folge der Vorfälle akzeptiert, die zur Menschheitsgeschichte gehören. Ein Lager übersteigt das. Es hat eine mythische Qualität erhalten. In solchem Maße, dass fast niemand mehr weiß, wie normal es eigentlich war. Es hat nicht Dutzende, sondern Tausende von Lagern in Europa gegeben. In den Niederlanden gab es neben den drei bekannten, Westerbork, Amersfoort, Vught, allein schon ungefähr vierzig jüdische Arbeitslager, von denen so gut wie niemand mehr etwas weiß. Ein Lager war weniger einzigartig, als man denkt.

Unsere Grabung ist die Fortsetzung früherer Untersuchungen. Seinerzeit hat man die Wohnung des Lagerkommandanten und die direkte Umgebung untersucht sowie den großen Müllberg. Wir arbeiten jetzt an einem kleineren Abfallberg, der damals nicht bekannt war. So wie so vieles nicht bekannt war und bekannt ist. Die Leute, die hier herumgehen, sehen ein annähernd rechteckiges Gelände, hier und da ein paar Monumente, das bekannte nach oben gebogene Gleisstück von Ralph Prins, den Kartoffelbunker. Das ist »das Lager«. In Wirklichkeit ist es viel größer. Die riesigen Schüsseln der Sternwarte wurden über dem alten Lagergelände platziert. Es gibt ein vergessenes »Heidelager« der SS weiter hinten im Wald, einen kleinen Hafen auf der anderen Seite, die Bahngleise, auf denen die Gefangenen ankamen (und wieder wegfuhren zu ihrer

Endstation in Polen), eine gesonderte Schmalspurlinie für den Gütertransport und noch vieles mehr. Und dann gibt es noch *the wider landscape*. Das Lager ist nur ein relativ kleiner Teil eines Netzwerks, das sich über ganz Europa erstreckt, ein Netzwerk mit Fäden und Knotenpunkten im Dienste einer sorgfältig geplanten industriellen Vernichtung, eine *wider landscape*, zu der Gebäude und Infrastruktur gehören, aber auch Individuen, Gruppen, Betriebe, Organisationen und Ideen. Eigentlich, wenn man monumentalisieren will, müsste man aus ganz Europa ein Mahnmal machen. Das Lager, das Menschen besichtigen und in dem wir allen möglichen Unrechts gedenken, ob es nun mit dem Massenmord an Juden, Zigeunern, Homos und politischen Gefangenen zu tun hat oder nicht, dieses Lager ist der westeuropäische Kontinent: die Baracken, die Bahngleise, die »Umzugsfirmen«, die Wohnungen leer räumten, Gemeindeverwaltungen, der Polizeiapparat, Fabriken, Baubetriebe, Bauern, die von Sklavenarbeit profitierten, Nachbarn, die ihre Nachbarn gehen ließen und deren Häuser plünderten. Genauso wie die Sklaverei nicht nur aus Schiffen und Plantagen bestand, war das Lager keine Anomalie in einer ansonsten normalen Welt. Es war ein Teil von ihr, es wurde akzeptiert, es konnte existieren, weil fast jeder mit dem weitermachte, womit er beschäftigt war.

Wir holpern den Weg zwischen Waldrand und Acker entlang, bis wir zu der hölzernen Schranke kommen, die das kleine Naturschutzgebiet eigentlich absperren sollte, aber dennoch immer geöffnet ist. Ich ziehe meine selbstangefertigte Karte aus der Tasche und falte sie auf dem Lenkrad auseinander.

»Was ist das?«, fragt Ermittlerin Sital.

»Eine Karte, die ich …«

»Dass das eine Karte ist, sehe ich«, sagt sie, »aber warum hast du sie gemacht?«

»Ich möchte das Gebiet verstehen.«

Sie sieht mich an, auf eine Antwort wartend, auf mehr.

»Ich begreife nicht, warum sie das Auto dort haben stehen lassen. Es ist nicht … logisch.«

»Warum muss es logisch sein?«, fragt sie.

»Der Fund …«, sage ich. »Der Ort hat Bedeutung. Wenn man jemanden rituell einäschert, dann macht man das nicht einfach irgendwo.«

»Ich habe eine GPS-App«, sagt sie. »Mit sämtlichen topografischen Karten der Niederlande.«

»Es geht um den Überblick. Wenn du dir die Landschaft auf so einem Display anschaust, dann ist es, als würdest du durch eine Röhre schauen. Ich will … *the wider landscape.* Ich suche Kontext.«

Sie zuckt mit den Achseln.

»Hier«, sage ich, »stand der Wagen. Links und

rechts Moor. Wir wissen, wie sie hierhergekommen sind.«

»Und was ist das?«, sagt sie. Sie deutet auf etwas Glänzendes über den Baumkronen.

»Das Lager. Das ist das Glasgehäuse, das man über das Haus des Lagerkommandanten gebaut hat. Dort graben wir. Es …«

Lager. Auto. Deutsche. Ex-RAF.

Ein Wurzelsystem aus zarten, bleichen Fühlern, die sich ausstrecken.

»Also hier«, sagt sie, während sie mit dem Zeigefinger über die Karte fährt, »stand der Wagen, und von hier kamen sie, und wenn man weitergeht, kommt man auf …«

»… dem Lagergelände raus.«

Ich krame in dem Seitenfach der Tür und finde einen Gummiring, den ich auf die Karte lege. Ich forme ihn zu einem Dreieck. Eine Spitze beim Auto, die nächste beim Lager, die dritte schiebt sich über die Karte.

»Was um Himmels willen«, sagt sie, »machst du da?«

»Hier.«

Die dritte Spitze ist bei einer Art Freizeitpark zum Stillstand gekommen.

»Oder hier.«

Ein anderer, viel größerer Freizeitpark, etwas weiter weg.

Sie kneift die Augen zu Schlitzen zusammen. Ihr Mund wird zu einem Strich.

»Du denkst, dass sie von dort kamen? Warum von dort und nicht von irgendwo anders?«

»Das Lager. Das ist der Dreh- und Angelpunkt. Der andere bekannte Punkt ist der Wagen. Um hier zu landen, müssen sie die Umgebung gekannt haben. Das bedeutet, dass sie längere Zeit in der Gegend gewesen sind. Sie können ein Haus gemietet haben, aber die sind hier dünn gesät, und dafür musst du alles Mögliche vorlegen, oder aber, und das ist viel wahrscheinlicher, sie sind in einem Ferienort untergekommen. Da fällst du kaum auf als Ausländer.«

»Und das alles wegen des Lagers?«

»Deutsche«, sage ich. »Lager.«

Sie schüttelt den Kopf.

»In den Sechzigern«, sage ich. »Nach dem Krieg geboren … Die Generation, die die Schuld der Eltern …«

»Das ist zu gekünstelt«, sagt sie. »Das ist was für Fernsehserien.«

»Die RAF ist aus der Schuld der Nachkriegsgeneration hervorgegangen. Dies hier ist eine Gegend, die mit Bedeutung aufgeladen ist.«

Sie sieht mich lange an.

»Du denkst, dass ihre Anwesenheit hier, diese Einäscherung, eine Art Buße ist?«

»Nein. Vielleicht. Ich denke, dass es auf jeden Fall

symbolisch ist. Sie haben aus diesem Ort einen rituellen Ort gemacht. Durch die Einäscherung. Durch das Brandopfer.«

Eine unbestimmte Kälte steigt in mir auf. Brandopfer. Das Wort war vor dem Gedanken da. Neue Verästelungen, tastende Haarwurzeln.

»Und das Lagergelände ist der andere Ort mit einer Bedeutung?«

»Beide Punkte sind mit dem Ort verbunden, an dem sie …«

Eine Weile ist es still.

»Es ist eine Hypothese«, sage ich.

»Wenn man nichts hat, ist alles eine Hypothese«, sagt sie.

Wir steigen aus und schreiten den rußschwarzen Kreis ab, wo das Auto gestanden hat. Beim Bergen wurde die oberste Schicht der Grabmulde zerstört. Dort schimmert jetzt grauer Sand durch. Ohne das Auto scheint etwas zu fehlen, als ob der Ort, dieser schmale Weg zwischen Heide und Moorsumpf, leer wäre, einer Sache beraubt, die wichtig war.

»Glaubst du, sie sind noch in der Nähe?«

Sie schüttelt den Kopf. »Sie wissen, dass sie gesucht werden. Wegen des gestohlenen Autos, aber auf jeden Fall jetzt, wo die Leiche gefunden ist. Diese Leute sind geübt im Verschwinden. Die gehen kein Risiko ein. Sich in nichts aufzulösen ist ihr Ding. Du meinst, sie sind noch da?«

Ich nicke.

»Weil?«

Weil es etwas gibt, das stärker ist als Selbsterhaltung? Weil Schuld nicht vergeht, sondern im Gegenteil zunimmt? Schuld ist das Unkraut der menschlichen Emotionen. Es wuchert. Es lässt sich schwer bekämpfen. Es verschwindet im Untergrund und taucht an unerwarteten Stellen wieder auf.

Das Gelände des ehemaligen Lagers liegt vor uns. In der Mitte die breite Straße, der »Boulevard des Misères«. Auf beiden Seiten die Paraphernalien, die zur modernen Erinnerungskultur gehören: ein Bereich mit über hunderttausend kleinen Steinen, auf die Davidssterne geklebt sind, einer für jedes Opfer, ein kürzlich in Deutschland erworbener Waggon, abstrahierte Baracken, die Wohnung des Lagerkommandanten unter der Glasglocke. Kinder in Regenkleidung rennen hintereinander her. Eltern unter Regenschirmen schlendern über die zentrale Straße.

»Es hat etwas von einem … Vergnügungspark«, sagt sie.

»Es ist eine Touristenattraktion. In dieser Provinz kann man sonst nichts machen. Es gibt Wald, es gibt Heide, und das war's dann schon. Nein, es gibt auch noch ein Gefängnisdorf. Wenn man hier Urlaub macht, kann man zwei Dinge besuchen: den Ort, an dem früher Landstreicher und Asoziale eingesperrt wurden, und den Ort, an dem Juden versammelt wurden, um sie abzutransportieren. Der Unterschied besteht darin, dass in dem Gefängnisdorf alles echt ist, und hier ist alles konstruiert und rekonstruiert. Früher war dies ein leeres Feld mit lediglich diesen umgebogenen Gleisen in der Ferne. Jetzt ist es ein Rummelplatz des Gedenkens. Man hat es ausgeschmückt. Das Vertrauen in die Fähigkeit des Durchschnittsbürgers, sich angesichts eines leeren Feldes etwas vorzustellen, ist sehr gering.«

Sie zieht eine verärgerte Miene. Ihr Blick entgeht mir nicht, aber ich kann nicht aufhören. Ich bin eine Katze, die eine Maus im Maul hält und nicht loslassen kann, weil sich die Kiefer verklemmt haben.

»Das da«, sage ich. Ich zeige auf das Feld mit den 102 000 kleinen Steinen. »Diese Steine wurden von Überlebenden oder Angehörigen der Toten bezahlt. Erst hat man im Lager gesessen, und dann kann man Jahrzehnte später vom eigenen Geld einen Stein kaufen. Ganz im Geiste des Lagers, denn das wurde vor dem Krieg von den niederländischen Juden bezahlt. Sonst wäre die Regierung nicht bereit gewesen, Flüchtlinge aufzunehmen. Dort steht ein Denkmal für Werkman, den Grafiker und Künstler. War im Widerstand und wurde ermordet. Hat nichts mit Westerbork zu tun. Wenn irgendwo in der Welt etwas Schlimmes passiert, gibt es hier eine Gedenkfeier mit Lichterumzügen und bedripst dreinschauenden Schulkindern, denn schlimm ist schlimm, und es gibt keine unterschiedlichen Arten davon. Dies ist ein Eintopf, in dem alles eine einzige große, schwammige, farblose Masse wird. Dies ist der Kult des ›auch schlimm‹, des Dramas des Mitgefühls. Weißt du, dass dieses Lager zweimal eröffnet wurde? Beim ersten Mal hatte man vergessen, Überlebende und Hinterbliebene einzuladen. Ein Stück weiter steht ein symbolisches Ohr, das die Freiheit darstellen soll. Aber dies hier ist ein Ort, an dem Freiheit keine Bedeutung hatte. An dem Freiheit ja gerade nicht präsent war. Diese Art des Gedenkens ist kein Akt von Einfühlung oder Anteilnahme, sondern eine rituelle Beschwörung: Wenn wir nur genug gedenken, wird es vielleicht nicht mehr geschehen. Der Freiheit gedenken an einem Ort wie diesem ist das Gleiche, wie wenn man eines Schiffbruchs mit einem Aquarium gedenkt. Dies kann nicht der Ort sein, an dem etwas war. Es muss ein Ort sein, an dem etwas ist, an dem wir mit gutgemeinten Allgemeinplätzen zu Freiheit und Demokratie vollgelabert werden und dass es schön ist, wenn Menschen sich verbrüdern. Aber wenn dies irgendetwas ist, dann ein Mahnmal für das Scheitern dieser Ideen, für das Fehlen von Brüderschaft, für das Zuschauen und Nichtstun, wenn Hunderttausende aus deiner Mitte geholt werden, für eine Polizei, die Menschen aus ihren Häusern schleppte, weil es zu ihrem Beruf gehörte, für die Eisenbahn, die Rechnungen einreichte für die durchgeführten Fahrten in den Tod. Dies hier ist ein Ort der Schande. Nicht der Hoffnung. Aber mit Schande lockt man keine Besucher.«

Ich habe nicht laut gesprochen, und doch sehen sich Leute um. Sital nickt leicht, auch jetzt noch, wo ich den Mund halte.

»Tja«, sagt sie. »Jetzt glaube ich schon, dass diese Deutschen vielleicht noch in der Gegend sind.«

Als ich sie zurückgebracht habe, schaue ich bei Jorg Makkink vorbei. Es ist Abend geworden. Es regnet nicht, aber die Bewölkung ist so dicht, dass nicht einmal der Mond zu sehen ist.

»Geht es nicht später? Ich hab jetzt was anderes zu tun.«

Jorg sieht mich widerstrebend an. Die Kühe müssen gemolken werden, und Belinda kann nicht helfen, weil sie gleich zum Volleyballtraining muss.

»Wir können reden, während wir das Vieh zusammentreiben.«

Wir öffnen das Gatter und gehen ans Ende der Weide. Es ist feucht, und die Kühe wollen nicht recht. Unter unseren ermunternden Rufen wird die Herde zu einem Ganzen, das widerwillig in Richtung Stall trottet. Das Gespräch bringt mich kaum weiter. Jorg hat keine Leute in das Gebiet gehen oder fahren sehen. Seit Wochen nicht. Er hat auch keine Zeit zu bemerken, was in der Welt passiert.

»Ich hocke nur am Computer und rechne«, sagt er. »Die Milchquote, Phosphatrechte, der Bankkredit, die Marktpreise. Weißt du, wie viel ich für die Milch bekomme?«

»Was ist mit Deutschen?«, sage ich. »Bist du in der letzten Zeit Deutschen begegnet? Hier in der Nähe?«

Jorg sieht mich an, als hätte ich ihn gefragt, ob er Zebras gesehen hat.

Wir stehen da und schauen eine Weile den Tieren zu, die wie an einer Schnur aufgereiht in die Milchstraße stapfen. Dann gehe ich ins Haus.

In der Küche gießt Belinda Kaffee ein. In ihrem Trainingsanzug sieht sie aus, als könne sie jeden Moment losrennen.

»Warst du im Hingsteveen?«

»Woher weißt du das?«

Sie streicht sich eine Locke aus der Stirn.

»Hier weiß jeder alles. Man hat dich gesehen, mit der Polizei.«

»Hast du in den letzten Tagen etwas Besonderes gesehen? Fremde? Ein unbekanntes Auto? Einen BMW aus … den achtziger Jahren?«

»Das hat Dikkie Klaassens auch schon gefragt. Ich kann keinen BMW von einem Mercedes unterscheiden«, sagt sie.

Sie sieht mich forschend an.

Dikkie Klaassens heißt nicht so und ist im Übrigen auch schon lange nicht mehr dick, doch der Spitzname aus der Zeit der höheren Schule, als er mit seinem Gewicht kämpfte, ist hängengeblieben. Inzwischen ist er Polizist.

»Alles gut mit Joyce?«

Ich nicke.

»Ich muss meine Sachen packen.«

Als sie weg ist, lehne ich den Kopf an die Wand und schließe die Augen. Aus der Ferne ist das Geräusch eines Computerspiels zu hören. Ich schrecke auf, als sie wieder in der Tür steht.

»Willst du auf Jorg warten?«, sagt sie. »Ich muss los.«

Ich schüttle den Kopf.

»Vielleicht kannst du mich mitnehmen«, sagt sie. »Dann kann er mich nachher abholen.«

Wir fahren vom Hof, biegen auf die Landstraße.

Ich habe sie gelegentlich spielen sehen, früher. Sie hat sich kaum verändert. Eine große, schlanke Blondine, kurzes Haar. Ein Gesicht, in dem ich Einsamkeit las. Darin habe ich mich getäuscht. Sie ist die Mutter zweier strohblonder, etwa zehnjähriger Jungen, Vorsitzende eines Naturschutzvereins, aktiv in der Ortsgruppe von GroenLinks. Nach der höheren Schule hat sie eine Ausbildung zur Sportlehrerin gemacht, aber als sie damit fertig war, lernte sie Jorg kennen, sie heirateten, und sie wurde von einem Tag auf den anderen Käseproduzentin.

»Du siehst müde aus, Sam.«

»Es war ein langer Tag.«

Sie nickt, nicht sonderlich überzeugt.

Ich setze sie an der Sporthalle ab und warte noch, bis sie hineingeht. Als sie an der Tür die Hand hebt, spüre ich einen unbestimmten Stich in der Brust. Ich starte den Wagen und fahre ins Erkelens.

Ich bestelle Kaffee und einen Strammen Max mit Käse und versuche, meinen Kopf zu leeren, während ich mich hinter einer Zeitung verstecke, die sich über den einsamen, in der Gegend umherstreifenden Wolf aufregt. Mitten im Essen kommt Willem herein. Ich sehe ihn schon hinter der Scheibe der Eingangstür, und für einen Moment bin ich dreißig Jahre in der Zeit zurückversetzt.

»Verdammt. Dich hab ich ja lange nicht gesehen.«

»Was machst du hier, Willem?«

Eine Versammlung im kleinen Saal. Irgendwas mit einem Flächennutzungsplan.

»Ich wusste nicht, dass du hier wohnst.«

Willem nickt. Seit ein paar Jahren. Er hat ein Antiquitätengeschäft im ehemaligen Bahnhofsgebäude.

»Und du?«

»Ich hatte Hunger«, sage ich.

»Hunger? Hunger hatten wir im Krieg.«

»Wir nicht. Wir hatten Tulpenzwiebeln.«

Willem reicht mir eine schmuddlige Visitenkarte.

»Komm mal vorbei. Dann sprechen wir über früher.«

»Es gibt zu viel Früher, Willem. Ich spreche lieber über die Zukunft.«

Willem sieht mich nachdenklich an.

Als er weg ist, lese ich das Kärtchen. *Willem Hofman, Antiquitäten und Schätzungen.* Ich habe so meine Zweifel beim Wort »Antiquitäten«. Willem Hofman ist ein Höker, immer gewesen. Ich vermute, dass Willem vor allem viele Antiquitäten herstellt.

Während ich auf dem Weg nach Hause bin, ruft Shannon Sital an. Sie hat eine Liste mit Namen, alle, die mit der Untersuchung auf dem Lagergelände zu tun haben oder hatten. Unter den freiwilligen Helfern sind zwei Deutsche. Die Adressen stimmen nicht. Die Mobilnummern sind tot. Die Namen haben nicht die geringste Ähnlichkeit mit den richtigen Namen der gesuchten drei: Burkhard Kammermann, Heike Schneider und Ulrich Veen. Ob ich mich an diese Freiwilligen erinnern könne. »Wir wissen im Übrigen nicht, ob sie das wirklich sind. Ich meine: Es kann alle möglichen Gründe geben …« Als sie die Namen nennt, muss ich lachen.

»Theo Briest und Effi Fontane? Wirklich?«

»Jaja«, sagt sie müde.

Ich kann nichts dafür. Ich empfinde eine Art verschwörerischer Verwandtschaft mit den beiden.

»Das sind sie.«

»Vielleicht«, sagt sie.

Ich bin mir sicher. Kinder aus der Mittelschicht. Der deutschen Mittelschicht. Das bedeutet: eine gediegene Bildung mit guter Kenntnis der Klassiker. Wo Geschichte in unserem Land bei der Mode von heute Morgen beginnt, haben deutsche Kinder, noch immer, Goethe und Fontane gelesen.

»Schön«, sagt sie. »Aber damit sind wir keinen Schritt weitergekommen. Diese Namen sind falsch.«

»Aber wir wissen jetzt so gut wie sicher, dass sie als Freiwillige bei der Grabung mitgearbeitet haben. Und dass dieser Ort also Bedeutung hatte. Dass der Tote nicht umsonst dort eingeäschert wurde.«

»Und inwiefern hilft uns das weiter?«

Okay, nicht direkt. Das wisse ich auch. Aber wir verstünden jetzt etwas mehr von ihrer Art zu denken. Von dem Komplex, der ihren Taten zugrunde liege.

Was ich mit »Komplex« meinte.

Eine Struktur. Die Art und Weise, wie sie mit ihrer Umgebung in Verbindung stünden. Wie ihre Taten und Ideen Spuren hinterließen in …

»*The wider landscape*?«, sagt sie.

Als ich, dankbar für so viel Verständnis, »ja« sagen will, geht mir der ironische Ton in ihrer Stimme auf.

Ich bin nicht an der Jagd nach zwei Exterroristen interessiert, mag Shannon Sital das auch vielleicht denken, wenn sie mich mit meiner selbstangefertigten Karte hantieren sieht. Ich will wissen, wie alles zusammenhängt. Ihr Leben in einer Schattenwelt. Ich will in den Hades hinuntersteigen. Die Geschichte, die Archäologie. So lautete die Kritik eines meiner Dozenten während des Studiums. Dass ich zu sehr »in der Geschichte« hängenbliebe. Dass ich nicht »ergebnisorientiert« sei. Dass es auch noch so etwas wie »Produktion« gebe und dass man heutzutage danach beurteilt werde.

Ein vages Gefühl, nicht nur jetzt, eigentlich schon sehr lange, dass ich nach allem Möglichen beurteilt werde. Aber nicht danach, wonach ich beurteilt werden will.

Nicht, dass ich wüsste, was das ist.

Belinda und Jorg, die wissen das. Die Qualität des Käses, die Phosphatrechte, wie viele Antibiotika gespritzt werden, die Dorfpolitik, die Schule der Kinder. Sie haben ein Leben. So denke ich an sie. Als Menschen mit einem »echten« Leben. Menschen mit 2,1 Kindern. Menschen mit einem Hund. Menschen, die bei Freunden zum Essen eingeladen werden, die in Sportvereinen sind, im Urlaub andere Menschen kennenlernen. Menschen, die hier und jetzt leben, das heißt: im Hier und Jetzt. Jorg, der, bevor er mit dem Mähen beginnt, kleine Fähnchen in den Boden steckt, um die Wiesenvögel zu schützen. Jorg, der sich über das Gatter beugt und ein Kalb an seinen Fingern saugen lässt. Belinda, der es fast eigenhändig gelingt, die Abholzung einer Reihe alter Eichen zu verhindern, die ihre Arme in den Bottich mit Käsebruch steckt und rührt. Belinda, die Post-its an den Kühlschrank klebt mit Dingen, an die er, sie und die Kinder denken müssen. Ein Leben. Ein echtes Leben. So denke ich nicht über mich selbst. Irgendwie sehe ich mich als eine Art Schatten, als Geist im Land der Lebenden.

Warum bin ich bei ihnen vorbeigefahren? Shannon Sital würde darauf hinweisen, dass ich erst mit meinem Handy unter das Wrack leuchtete und jetzt Leute frage, ob sie Fremde gesehen haben, einen Wagen, der … *Warum, Mijnheer Hagenau? Denken Sie, dass Sie das besser können als die Polizei, wissen Sie etwas, was Sie uns nicht erzählen?* Sie könnte vielleicht auch sagen, dass sie irgendwo eine Akte ausgegraben hat, in der meine Vergangenheit ans Licht kommt. Ich weiß nicht, ob so eine Akte existiert. Es ist nicht unwahrscheinlich. Ich kannte über Esther ein paar von den Jungs, die später einen Zug kaperten. Ich hatte Umgang mit Leuten, die glaubten, der Wohlfahrtsstaat sei reif für eine Revolution. Nein, es ist keineswegs undenkbar, dass ich irgendwo in den Archiven ruhe. Eine schemenhafte

Nebenfigur. Unbedeutend. Ein »Schläfer«. Aber man kann nie wissen. Ehe man sich's versieht, ist er ein *lone wolf*.

Tief in mir ertönt eine Stimme, die sagt, dass ich eigentlich keine Antworten auf Fragen suche, sondern dass ich … ich weiß nicht … Einsamkeit? Ist es das? Habe ich Belinda gesucht? Die Frau, die ich eines versteckten Kummers verdächtigte, was offenbar überhaupt nicht der Wahrheit entsprach. Wollte ich nachsehen, ob ich mich doch nicht geirrt hatte? Ob sie nicht besser zu mir gepasst hätte als zu Jorg? Wir waren in derselben Klasse. Ich habe auf einem Schulfest mit ihr getanzt. Ihr langer trainierter Körper, das glatte blonde Haar, die Geschmeidigkeit ihrer Bewegungen. Ein langsames Stück. Ich weiß nicht mehr, welches. Warum ist nichts passiert? Ich weiß, warum nichts passiert ist. Selbst heute, so viele Jahre später, weiß ich das eigentlich sehr gut.

Weil sie etwas Besseres verdiente.

8

Wir gingen über das Balloërveld, eine dahinjagende Wolkendecke, ab und an ein Regenschauer, der aus dem Nichts kam und über die Heide fegte und genauso schnell verschwand, wie er gekommen war, kein Mensch weit und breit, die Bäume schwarz

und grau, die Heide farblos, eine lavierte Tusche-
zeichnung, und ich erzählte gerade von den Grabhügeln zu beiden Seiten des Wegs und ihren Toten
von vor viertausend Jahren, den *celtic fields* ein
Stück weiter, den tausend Jahre alten Karrenspu-
ren, an denen wir vor einer halben Stunde vorbeigekommen sind, mit anderen Worten von der Zeit,
die sich hier Schicht um Schicht abgelagert hat, und
plötzlich, eigentlich ohne dass ich überhaupt vor-
hatte, etwas zu sagen: *Hier will ich verstreut werden*, und Joyce, die Schultern hochgezogen, der
Kopf fast vergraben im Mantelkragen, die stehen
bleibt und mich anschaut und fragt, wie ich denn da
plötzlich draufkäme, und ich kann nicht antworten,
ich weiß nur, dass in mir ein tiefes Gefühl ist, jetzt,
ein Gefühl von »hier«, dass dies »der Ort« ist, dass
ich diese Landschaft sein will, nicht eins mit der
Landschaft, sondern dies sein, diese Geschichte,
diese karge, sich abmühende Heide, die Bäume, die
nie groß geworden sind, weil … dass ich in alldem
aufgehen möchte, und dieses Gefühl ist so tief und
so stark, dass ich gegen das Verlangen ankämpfen
muss, mich jetzt sofort hinzulegen unter die kahlen
Äste einer von Wind und Wetter gegerbten Eiche,
zwischen die knorrigen, verkrampften Wurzeln, inmitten von Heidebüscheln und Ruhe, endlich Ruhe
*let me sleep and dream of sheep, der Herr ist mein
Hirte* und dieser ganze Scheiß.

Was ich mit »dieser Ort« meinte.

(Das fragt sie nicht.)

Was ist »der Ort«?

(Das fragt sie nicht.)

Und warum?

(Das sage ich nicht.)

9

Esther: wie ernst die Symptome seien.

»Du siehst aus wie ein kleiner Junge, den man bestraft hat.«

»Wovon sprichst du?«

»Ich habe gehört, dass sie dich verlassen hat, Samuel Hagenau. Ich habe gehört, dass manche Leute sich fragen, was eigentlich los ist und warum du das verschweigst. Ich frage mich, wie hart es für dich ist.«

»Welche Leute?«

»Leute«, sagt sie. »Leute, die Joyce kennen. Leute, die dich kennen. Leute, die sich Sorgen machen. Leute …«

Joyce kannte Leute. Bekannte und Freunde. Männer und Frauen mit einem ganz anderen Leben als meinem. Studienkameraden, die jedes Jahr zu einem Fest zusammenkamen. Ich verstehe »Fest« nicht. Wenn man vor einem sicheren Tod gerettet wurde.

Ja. Ausgelassenheit, wenn man aus der Verbannung befreit oder von einer gefährlichen Krankheit geheilt wurde. Aber ein Fest, um ... was? Das Leben zu feiern? Warum ziehen sich Leute dann nicht jeden Morgen Clownsschuhe an und setzen sich ein Papphütchen auf? Das Leben ist wie das Wetter. Es vollzieht sich. Es gibt nichts zu feiern. Feiern ist, der Realität zu entkommen, und ich will der Realität nicht entkommen.

»Symptome?«, sagt Esther.

»Seit wann gehört psychologischer Beistand zu deinem Aufgabengebiet?«

Sie sieht mich an.

»Ich habe letzte Woche eine halbe Stunde lang auf eine Sprühdose mit einem Lufterfrischer namens *Relaxing Zen* gestarrt. Ich habe zwei Wochen gewartet, bevor ich ihren Kopfkissenbezug wusch. Ich esse die Vorräte, die sie angelegt hat: Instantnudeln und Dosen mit Erbsen und Mais und Kichererbsen und Linsen. Ich habe mit einem Tortenheber in der Hand dagestanden und mich gefragt, warum der noch da ist. Ist das eine Mitteilung? Was sagt der Tortenheber?«

Ich habe mir auch eines Nachts einen von Joyce' Slips aufs Gesicht gelegt. Er lag zwischen ein paar Staubflocken in einer Ecke ihres Schranks. Ihres leeren Schranks. Ein Mann, der nachts im Bett liegt mit einem Slip seiner Frau auf dem Gesicht und vor Unglück laut heult. Das bin ich. Aber das sage ich nicht. Ich sage auch nicht, dass ich manchmal ein paar Tage lang nicht an sie denke, dass ich dann denke, es ist vorbei, dass ich dann hoffe, es ist vorbei, das Gefühl des Verlusts, das Verlangen, die unvorstellbare Leere, dass es aber plötzlich wiederkommt, wie ein schwarzer Hund, der aus einem Hof stürmt und dir hinterherrennt, wenn du gerade denkst, du bist vorbei, und dass der Schmerz dann so tief ist, dass ich Angst bekomme *warum geht das nicht vorbei, was soll ich tun, wenn das nicht vorbeigeht, wenn das immer bleibt, das Unglück, diese Gedanken an Joyce, daran, was weg ist, ihr Lächeln, ihr Gesicht, und was, wenn diese Gedanken doch verschwinden, wenn Joyce zu einer fernen Erinnerung wird, ist dann alles vorbei, die Liebe, von der ich dachte, sie würde anhalten, sie würde uns vollständig machen, die Liebe, die nie mehr zurückkehren kann, werde ich diese Leere, diesen Schmerz, diesen leeren Schmerz, werde ich für den Rest meines Lebens diese Lücke spüren?* Ich sage nicht, dass zwei leere Waschmittelflaschen im Hauswirtschaftsraum stehen (dunkel und fein) und dass ich sie nicht wegwerfen kann und dass ich die leeren Konservendosen ausspüle und aufbewahre, genau wie die Instantnudel-Becher. Dass ich Joyce nicht wegwerfen will. Dass ich Joyce wegwerfe, wenn ich diese Dosen und Becher und Flaschen wegwerfe.

Wenn ich verwendet habe, was sie einmal gekauft und in Schränke und Schubladen gestellt hat, wenn das alles aufgebraucht ist, dann ist es vorbei. Dann habe ich, was von Joyce übrig ist, verbraucht. Dann gibt es nur noch den Gedanken. Es ist Unsinn, ich halte sie nicht dadurch fest, dass ich alles aufhebe. Das weiß ich. Ich muss radikal sein, ein Strich, eine Grenze durch mein Leben: Joyce/nach Joyce. Ich muss alles wegwerfen. Die Fotos. Die Waschmittel-flaschen. Den Tortenheber. Ihren Kopfkissenbezug. Aber wenn ich das tue, wenn ich den Spiegel, in den sie schaute, in den Container schmeiße, wenn ich die Bettwäsche verbrenne, muss ich dann auch die Fußböden herausbrechen, weil sie darüberging, das Bett abbauen, weil sie darin neben mir lag? Was be-halte ich übrig? Wo endet es? Muss ich letztendlich mich selbst wegwerfen? (Das denke ich: Ich muss letztendlich mich selbst wegwerfen.)

Das sage ich nicht.

»Du vermisst sie«, sagt Esther. »Hast du etwas anderes erwartet?«

Ich denke, ich hatte damit gerechnet, dass ich mich abwenden würde, du-willst-mich-nicht-dann-will-ich-dich-auch-nicht, dass ich einfach weiterle-ben würde. Es gibt mehr als das. Es gibt schlimmere Dinge. Irgendwie so. Ja, ich hatte etwas anderes erwartet. Aber vor allem hatte ich vieles nicht er-wartet. Dass sie fortgehen würde. Mein bitteres

Verlangen. Ich hatte nicht erwartet, dass ich sie so vermissen würde, als wäre sie nicht aus meinem Leben verschwunden, sondern aus meinem Körper herausgeschnitten worden.

»Nein«, sage ich. »Ich habe nichts anderes erwartet.«

»Es tut mir leid, Samuel Hagenau.«

»Hat die Obduktion etwas ergeben?«

Esther sieht mich an. Sie schüttelt den Kopf.

»Er war todkrank«, sagt sie. »Bauchspeicheldrüsenkrebs im Endstadium. Sie haben den Tod mit einem Opiat beschleunigt.«

Ich nicke.

»Wein?«

Esther zieht die Augenbrauen hoch.

In der Küche starre ich in den Kühlschrank. Weitermachen. Weiter. Darin bin ich gut. Das habe ich gelernt. Es gibt schlimmere Dinge. Immer. Den Krieg zum Beispiel. Davon wusste man in meiner Familie viel. Dagegen kam nichts an. Bei uns war nie etwas »schlimm«. Krank war man erst, wenn man neununddreißig Komma fünf Fieber hatte, verletzt erst, wenn das Blut pulsierend aus einer Schlagader schoss. Die Existenz von Aspirin entdeckte ich erst, als ich einmal bei einem Freund spielte, rasende Kopfschmerzen hatte und von seiner Mutter eine Tablette erhielt. Als ich an jenem Nachmittag nach Hause kam und von meiner Entdeckung erzählte, ich dachte wirklich, die Existenz dieser Wunderpille sei meinen Eltern noch nicht bekannt, sagte meine Mutter mit dünnen Lippen, so etwas komme für uns nicht in Frage: »Man kann für alles irgendwas nehmen.« Und, verdammt noch mal, ich kann auch heute noch keine Schmerztablette schlucken, wenn ich krank bin. Ich muss aufhören, mir diese Fotos anzuschauen. Jedes Mal sehe ich etwas, was ich vergessen habe, spüre etwas, wovon ich dachte, ich würde es nicht mehr spüren, und Joyce ist immer weniger die Frau mit diesem pflichtgemäßen Lächeln. Trotz meiner bitteren Feststellung, dass sie eine unglückliche Frau war, auf Selbsterhaltung bedacht, nicht imstande, ihren Argwohn und ihre Angst vor Selbstverlust zu überwinden, muss ich zugeben: Sie liebte mich. Ich sehe es in ihrem Gesicht, auf diesen Fotos. Wie sie mich ansieht. Ein liebevoller Blick. Ein Gedanke, der mich zerreißt. Jedes Mal von neuem. Und das ist schlimmer als die Vorstellung, dass sie eigentlich gar nicht imstande war … Ja, sie war unglücklich, aber ich erkenne immer deutlicher, dass meine Vorstellung von der Frau mit einem tiefen, alten Kummer, die zu wirklichem Kontakt nicht fähig war, zutrifft, dass sie mir aber auch hilft, das Unerklärliche zu erklären: dass sie fortging, dass sie mich mal geliebt hat, dass die Liebe verschwand, dass ich sie nicht festhalten konnte, dass ich etwas übersehen habe, dass ich etwas falsch gemacht habe, dass

ich versagt habe. Oder dass sie vielleicht einfach aufgehört hat, mich zu lieben. Aber wie kann man einfach aufhören, jemanden zu lieben? Was habe ich
denn falsch gemacht? Und wenn ich nichts falsch
gemacht habe, woran lag es dann? Joyce brauche ich
nicht danach zu fragen. Die macht den Mund nicht
auf. Die hat den Mund nie aufgemacht. *Warum sagst
du mir nicht, woran es lag, Joyce? Unglücklich? Wir
sind alle unglücklich. Manchmal. Oft. Immer. Aber
deswegen kannst du doch jemanden lieben. Was ist
schiefgelaufen? Wann? Warum hast du nie gesagt:
He, hier läuft etwas nicht gut, was können wir dagegen tun? Oder ist es so, dass die Liebe verschwand?
Dass du eines Morgens wach wurdest und dachtest:
Ich liebe ihn eigentlich gar nicht mehr? Und warum
hast du das damals nicht gesagt? Und was war es
denn, wodurch … Meine Fragen, ständig meine Fragen, und du hast keine Antworten.* Die Kälte des geöffneten Kühlschranks erreicht meine Brust, und ich
muss den Drang unterdrücken, mich an die Innen-
wand des Kühlschranks zu pressen, um mehr Kälte
zu spüren. Nur weil Esther im Garten sitzt, sonst
würde ich den Kühlschrank am liebsten leer machen, den ganzen Scheiß rauswerfen, Salat aus Ke-
nia, Wein aus Neuseeland, dänische Butter, Käse von
Belinda, diese ganzen Töpfchen und Flaschen mit
Soßen, die Joyce … alles raus, über den Küchenbo-
den geschmiert, die Glasplatten obendrauf, die Ge-

müseschublade, die immer leere Fleischschublade …
und ich, ich in diesem leeren Kühlschrank, in dem
ich sitze, in Hockhaltung, zusammengekauert, und
ich weiß es jetzt, ich verstehe es ich schlage mit dem
Kopf an die Wände, um zu fühlen, was ich fühle, ich
sehe das Blut über den weißen Kunststoff fließen
und weiß, dass ich blute, *weil du erst dann wirk-*
lich fühlen kannst, was du fühlst, weil du dann sehen
kannst, was du siehst, weil der Körper die Wunde
ist, die der Kopf ist, weil ich dich dann sehe. Müde
und leer. Wie ein vergessenes Unterhöschen in der
staubigen Ecke eines leer geräumten Schranks. Die
stille Finsternis des Dachbodens, wo niemand hin-
kommt. Etwas, das zurückgelassen und vergessen
wurde. Warum hilft es nicht, wenn ich denke, dass es
schlimmere Dinge gibt? Es gibt immer schlimmeres
»Schlimmes«. Ich schäme mich wegen meines Kummers. Ich verachte mich wegen des Schmerzes, wegen der Anstellerei, *um Himmels willen, Blödmann,*
eine Frau hat dich verlassen, sie liebt dich nicht mehr,
na und? Es gibt Menschen, die hungern, Kinder ver-
dursten, Bürger werden von ihrer eigenen Regie-
rung bombardiert, die Kinder von Flüchtlingen wer-
den allein in Lagern eingesperrt, arglose Passanten
sterben bei Terroranschlägen, hör um Himmels wil-
len auf mit diesem egoistischen, narzisstischen, solip-
sistischen … NIMM EIN ASPIRIN! Aber ich kann
nicht damit aufhören, weil ich nicht damit angefan-

gen habe, es ist von allein gekommen, und ich weiß nicht, woher es kommt, dass es jeden Tag wieder wie eine Flut in mir aufsteigt, ich weiß nicht, wie ich das beenden kann, ich habe es ignoriert, das hat nicht geklappt, ich habe den Ordner mit den Fotos gelöscht und ein paar Stunden später wiederhergestellt, ich wende den Kopf ab, aber ich sehe diesen Karton, in meinem Kopf ist eine Stimme, die von Joyce spricht, und diese Stimme kümmert sich nicht um mich *ist es lange her, ist es lange her …*

Ich lehne den Kopf an den oberen Kühlschrankrand. Es vergeht keine Nacht, ohne dass ich aus einem Traum aufschrecke, an den ich mich nicht erinnere oder aber zu gut erinnere. Herzklopfen, nicht wissen, wo man ist. Und wenn die Ruhe wiederkehrt, strömt der Kopf voll. Der Platz neben mir, das unbenutzte Kissen, die Leere. Jeden Abend gehe ich ins Bett und lege mich auf meine Seite, und jeden Abend frage ich mich, wie lange es dauern wird, bis ich das ganze Bett benutzen kann und den Raum einnehme, den sie hinterlassen hat. *Es gibt eine Leere in meinem Leben, die deine Form hat.* Ich denke an sie. Ich vermisse sie, vermisse, dass ich, wenn wir im Bett lagen, meine Hand auf ihre Hüfte legte, dass wir manchmal Hand in Hand einschliefen, und während ich daran denke, bewegt sich mein Arm zur Seite, und meine Hand streckt sich aus, als würde ich dort, an diesem leeren Fleck, ihre

Hand finden, dass, wenn ich nur wirklich gründlich vergesse, was geschehen ist *das muss doch möglich sein, dass man etwas so gründlich vergisst, dass es nicht geschehen ist* dass da plötzlich, einfach so, ihre Hand sein wird, dass sie sich in meine legt, dass alles wieder so ist, wie es war *das, was gewesen ist …*

Symptome? Dies sind die Symptome:

– tiefer Schlaf (als würdest du an den Fußknöcheln nach unten gezogen, in einen kalten, dunklen Nebel)

– mitten in der Nacht wach werden, und du tastest im Halbschlaf zur Seite, und während du das tust – deine Hand, die unter der Decke nach rechts gleitet –, öffnest du die Augen und weißt, dass da nichts ist, du knipst die Lampe neben dem Bett an, ein ungeheures Verlangen nach Schlaf, nach Vergessen, das der Schlaf bringt, nach Nicht-mehr-Sein vor lauter Schlaf, aber der Schlaf kommt nicht mehr (und dagegen lässt sich nichts machen)

– kein Appetit, Ekel, sobald du nur an Essen denkst, du gießt kochendes Wasser in einen Nudel-Becher, und während du darauf wartest, dass dieses Instantzeugs quillt, unterdrückst du die Neigung zu würgen, und wenn du dich mit dem Becher in der einen Hand und einer Gabel in der anderen ans Essen machst, schlingst du das Zeug hinunter, denn wenn es zu lang in deinem Mund bleibt, möchtest du es am liebsten ausspucken

– keine Kontrolle über dein Denken, ihr Gesicht, das plötzlich einfach in deinen Gedanken auftaucht, Erinnerungen, die ohne Anlass in deinen Kopf schlüpfen (und dagegen lässt sich nichts machen)

– keine Kontrolle über dein Gefühl, zum Beispiel: Du wäschst ein Glas ab und lässt es fallen, die Scherben liegen im Spülbecken, und plötzlich wallt ein Schluchzer in dir auf, und du denkst *wegen eines Glases?* und dieser Schluchzer, diese Blase voll Kummer in deiner Brust, findet keinen Weg nach oben, nach draußen, du würdest gern heulen, hemmungslos schreien, rasen, toben, weiß der Himmel was, aber du kannst es nicht, nicht, weil ein Mann nicht heulen darf, sondern weil der Kummer wie Teer ist, eine dicke, zähe, schwarze Substanz, die langsam in deiner Brust zerfließt, die sich in deinem Körper ausbreitet, in Armen, Beinen, im Kopf, bis du innerlich schwarz und schwer bist, Gott, welche Erleichterung wäre es, alles loszulassen, du willst alles loslassen (aber dagegen lässt sich nichts machen)

– Briefe, Karten, E-Mails, die du zu schreiben beginnst und nach eineinhalb Sätzen abbrichst, zerreißt/löschst, manchmal auch kurz liegen lässt (weil du glaubst, es werde schon gelingen, wenn du darüber nachdenkst) und dann doch zerreißt/löschst, denn es ist alles hoffnungslos und vergeblich. Du hast ihr zu ihrem Geburtstag vor eineinhalb Monaten eine E-Mail geschickt, um ihr zu gratulieren. Es kam keine Antwort. Auch nicht, als du drei Wochen später selbst Geburtstag hattest. Du denkst: Vielleicht enthält sie sich jeglichen Kontakts zu mir, weil sie weiß, dass ich mich nach ihr sehne und sie sich nicht mehr nach mir und dass sie also im Sinne einer Entwöhnungsstrategie … um mich zu schonen … weil sie mich … Warum musst du Joyce immer die Absolution erteilen? Warum ist deine erste Reaktion, eine Entschuldigung für ihr Tun und Lassen zu suchen? Wo du bei anderen Menschen an schlechtes Benehmen, mangelnde Wohlerzogenheit, Egoismus, soziale Unbeholfenheit und so weiter denken würdest, versuchst du, sie zu entschuldigen. Joyce meint es nicht so. Joyce meint es nicht böse. Joyce ist keine egoistische, kontaktgestörte Zicke. Könnte es sein, dass die positiven Eigenschaften eigentlich die negativen sind? Dass du so konditioniert bist, dass du immer das Gegenteil von dem denkst/sagst/tust, was du eigentlich denkst/sagst/tust? Hättest du ihr eigentlich nicht schon vor langer Zeit, zum Beispiel als ihr euch gerade kennengelernt hattet, einmal sagen müssen, dass du sie egoistisch, schlecht erzogen, kontaktgestört findest? Und hast du das nicht getan wegen ihres alten Leids, deines pathologischen Bedürfnisses, ihr zu helfen und sie zu heilen und (ja, auch das) wegen deiner Liebe zu ihr? Liebe macht blind, ist aber in erster Linie der Tod der Logik.

(Und dagegen lässt sich nichts machen.)

Symptome? Dass du aus einem Traum erwachst, der so lebensecht ist, dass du beim Erwachen denkst, der Traum sei Wirklichkeit und dies, die Mitte der Nacht, der Traum. Zum Beispiel. Mittag ist gerade vorbei, wir sitzen auf einem waldigen Hang über dem Hafen einer kleinen Insel im Stockholmer Schärengarten. Es ist sehr warm. Unten spazieren Leute über den Anleger, kleine Boote dümpeln auf den sanften Wellen, die Sonne glitzert im Wasser. Ich nehme mein Telefon, und als sie zur Seite schaut, mache ich ein Foto. Irgendwo in der Software geht etwas schief. Das Foto ist in drei Würfel zerschnitten: einen großen mit ihrem Gesicht und zwei kleineren. Ein Schiebepuzzle von Joyce. Sie sagt, das könne ich löschen. Ich schüttle den Kopf. Ich wolle alles bewahren, auch was danebengegangen ist. Sie runzelt die Augenbrauen. Warum sollte man bewahren, was danebengegangen ist? Und ich: Weil es ein Ganzes ist, das Gute, das Schlechte, das Bemerkenswerte und das scheinbar Unwichtige. Dass das Gute Bedeutung erlangt durch das Schlechte. Sie: Ich will nur das Gute. Ich: Dann ist es nicht mehr das Gute, dann ist es normal. Sie schüttelt den Kopf.

»Weißt du, warum Eva den Apfel aß?«

Ihr gelangweilter Blick.

»Im Paradies gab es nur das Gute. Keine Sorge ums Essen, nie schlechtes Wetter. Nicht: Was ziehe ich heute an? Nie ein *bad hair day* oder: Habe ich einen dicken Hintern in diesem Kleid? Alles war okay. Eva war okay, Adam war okay. Gott war natürlich sowieso okay.«

»Worauf willst du hinaus?«

»Sie langweilte sich. Nichts hängt dir so schnell und so total aus dem Hals heraus wie das Gute. Immer nur diese tollen Früchte des Feldes, dieses ewige Zwitschern der Vögel mit ihren munteren Scheißliedern. Jeden Tag Sonne. Nicht zu warm und nicht zu kalt. Keine Jahreszeiten. Jeden Tag eine Art Sommer. Nicht einfach Sommer. Kein: Gott sei Dank, es ist endlich Sommer. Eine *Art* Sommer. Nichts, was man wollen könnte. Nichts, was man anstreben könnte. Kein Wunsch, der nicht sofort erfüllt wird. Du denkst *mein Gott, hätte ich Lust auf eine Birne* und schwupp, da steht ein Birnbaum. Eva wird verrückt vor Langeweile. Was macht Gott? Er denkt sich eine Herausforderung aus. Schau, hier ist etwas, das du nicht berühren darfst, nur dass du das weißt, tschüs. Und da, in diesem Moment, entsteht zum ersten Mal Wille, Verlangen, Gier. Da ist etwas, was du nicht kennst, was du nicht kennen darfst, aber du willst es kennen. Der Mensch will wissen. Es bedurfte nicht einmal einer Schlange, damit Eva diesen Apfel pflückte.«

Sie: dass also wieder mal die Frau schuld sei.

»Nein, die Frau ist nicht schuld. Adam war ein fauler Sack, der Vorfahre aller Männer, die mit der

Fernbedienung in der Hand auf der Couch rumlümmeln. Eva hatte Willen, Streben, Verlangen. Dank Eva sind wir von der Zufriedenheit erlöst, dank ihr schreiten wir voran und wollen entdecken.«

Sie seufzt.

»Es gibt eine Geschichte in der Tradition, wonach Adam jeden Tag, *jeden Tag*, ans Tor des Paradieses kommt, um zu jammern. Ob er wieder hineindürfe. Dass das Leben draußen scheiße sei. Dass er doch nur auf seine Frau gehört habe. Könne er was dafür?«

Ich schweige. Unten im Hafen läuft ein Segelboot aus. Fröhliche Leute. Eine Frau, die sich hinten über den Bootsrand beugt und ihre Hand durchs Wasser zieht.

»Und?«, sagt sie.

Ich sehe sie an.

»Und weiter?«

»Gott schickt einen Engel mit einem Buch, in dem die Geschichte steht, die erst noch eintreten wird. Alles, was sich ereignen wird. Von Tag zu Tag. Von Stunde zu Stunde. Adam liest das Buch und verliert es danach. Und von diesem Moment an ist die Zukunft dunkel, und wir können nur leben, wenn wir weitermachen, wenn wir einen Fuß vor den anderen setzen und den anderen vor den einen, ohne zu wissen, wohin das alles führt. Nur der Wille, das Verlangen, unsere Gier nach Wissen treibt uns voran.«

Ihr müder Seufzer, dass ich ja für alles eine Geschichte hätte.

Ich: dass das meine Aufgabe sei.

Das Merkwürdige an diesem Traum ist, dass er nicht nur sehr detailliert ist, sondern auch ein Eins-zu-eins-Bericht von dem, was wirklich geschah, vor acht Jahren, als wir tatsächlich an diesem bewaldeten Hang über dem kleinen Hafen saßen. Eine Insel im Stockholmer Schärengarten. Ich weiß nicht mehr, wie sie heißt. Aber ich erinnere mich an dieses misslungene Foto, den kleinen Hafen, ihre Sonnenbrille, das Gespräch Wort für Wort, die blöde Geschichte. Es ist etwas, woran ich in den letzten Jahren nicht gedacht habe. Es war vergessen. Und doch war es da. Wie ein ausgebranntes Wrack, das auch nach dem Abschleppen über dem Fleck, an dem es stand, noch nachflirrt. Wie ein Mädchen, das an einem Sommernachmittag in der Schweiz verschwindet, aber immer an jenem Fleck ist und von dort immer wieder aufs Neue verschwindet. Der Geist eines Ereignisses. Da ist etwas. Es ist weg. Du vergisst, dass da etwas war. Du vergisst, dass du etwas vergessen hast. Und dann, eines Tages oder eines Nachts, ist es auf einmal wieder da, und es ist fast echter als das ursprüngliche Ereignis. Joyce auf diesem glatt geschliffenen Felsen, unter dem Dach aus Kiefernzweigen, Sommerhitze um sie herum, der Glanz in den Gläsern ihrer Sonnenbrille, diese

Insel. Ewig laufen Boote aus dem Hafen aus. Das Foto wird immer wieder gemacht und misslingt. Du erzählst immer wieder deine Geschichte. Und wie damals weißt du, warum. Weil du auf diese Weise sagen willst: Es ist nicht schlimm, Joyce, dass es manchmal scheiße ist, es läuft nicht schlecht mit uns, wenn es mal kurzzeitig nicht gut läuft, vertrau auf dich, auf mich, auf uns. Wir sind nicht umsonst zusammen. Gut ist nicht das Normale. Gut ist die Ausnahme. Genau wie das Glück.

Warum du das nicht einfach sagen kannst.

Oder, noch besser: warum du nicht einfach mal den Mund halten kannst.

»Was ist jetzt mit dem Wein?«

Esther in der Tür.

»Ich schwanke«, sage ich. »Chardonnay oder Sauvignon blanc?«

Sie schüttelt den Kopf.

»Kopf hoch, Samuel Hagenau«, sagt sie.

Im Wohnzimmer öffne ich die Flasche. Wir prosten uns zu.

»Was genau ist passiert?«, sagt Esther.

»Nichts ist passiert. Legen wir uns Kinder zu? Haustiere? Tun wir Kissen auf die Couch? Warum? Ist das Glas halb leer oder halb voll? Was möchtest du, dass ich tue? Was möchte ich, dass ich tue? Warum? Sind wir hier oder sind wir da? Gibt es ein Leben nach dem Tod? Kann man auf dem Mond tanzen? Gibt es einen Ort zwischen den Sternen, zu dem ich gehen kann? Nichts von alldem. Sie war unglücklich. Sie wollte nicht weitermachen.«

»Ich dachte, dass sie immer schon unglücklich war.«

»Das scheint kein Argument zu sein, um zusammenzubleiben.«

Esther sieht mich an.

»Früher«, sagt sie, »haben wir über alles gesprochen. Wir waren immer zusammen.«

»Ich kam sehr gern zu dir nach Haus«, sage ich.

»Und ich kam sehr gern zu dir nach Haus«, sagt Esther.

»Aber du warst nicht gern bei dir selbst zu Hause. Weißt du, warum es mit uns nichts geworden ist?«

»Nichts?«

»Nennst du das *etwas*? Zweimal Sex, und dann war es vorbei.«

»Ich finde, dass …«

»Du findest das *etwas*«, sagt Esther. Sie nimmt ihr Glas und trinkt.

»Wir sind fünf Jahre lang beste Freunde gewesen.«

»Du hast mich fünf Jahre lang auf Abstand gehalten, bis zu diesem Zelt in den Ardennen. Da habe ich deine Hand genommen und auf meinen Bauch gelegt. Ich habe dich geküsst.«

Abiturklasse. Ausflug in die Ardennen. Zu wenig Zelte, und wir landeten zusammen in dem alten Militärzelt, das ich mitgenommen hatte. Wir waren beste Freunde. Keine Rede davon, dass etwas passieren würde. Es passierte trotzdem. Und meinetwegen hörte es wieder auf.

»Ich hatte Angst, dass ...«

Sie schüttelt den Kopf. »Freundschaft und Liebe, Intimität und Verlangen, das sind keine unterschiedlichen Welten. Es gibt keine klaren Abgrenzungen zwischen dem einen und dem anderen. Du warst mein bester Freund, und ich liebte dich. So. Aber es gab auch ein Grenzgebiet. Wenn wir spazieren gingen und manchmal den Arm um die Schultern des anderen legten. Wenn du mich getröstet hast, wenn ich wieder mal Kummer wegen so einem Scheißfreund hatte, und dann hast du mich umarmt und mein Haar gestreichelt. In diesen Augenblicken, aber auch noch öfter, hätten wir uns küssen können. Es macht nichts, dass es nicht geschah, aber damals, nach den Ardennen, als du dich zurückzogst, hast du geleugnet, was an Besonderem zwischen uns war. Ich weiß nicht, was daraus geworden wäre, und das spielt auch keine Rolle. Aber du hast dich in einer deiner Schubladen eingeschlossen. Was man darf und was nicht, was geht und was nicht, was Liebe ist und was Freundschaft, wann Sex richtig ist und wann nicht, was du sein willst und was nicht.«

Die Geräusche der Welt. Ich lausche und höre nichts.

»Wie geht's den Kindern?«

Esther öffnet den Mund und schließt ihn wieder. Es dauert etwas, bevor sie antwortet.

»Seit wann interessierst du dich für …«

»Ich tue mein Bestes«, sage ich.

»Vielleicht solltest du etwas weniger dein Bestes tun.«

»Vielleicht solltest du daraus Kalendersprüche machen.«

»Den Kindern geht es gut«, sagt sie. »Noah studiert Mathematik, und Franca fängt im September mit Biomedizin an. Wie läuft die Grabung?«

»Ich bin in erster Linie damit beschäftigt, Mevrouw Sital rumzufahren.«

Esther runzelt die Stirn.

»Heute sind wir meiner Spur gefolgt. Vom Hingsteveen bis zur Grabung. Und danach sind wir gemütlich übers Lagergelände spaziert.«

»Und dort konntest du natürlich den Mund wieder nicht halten, was alles damit nicht in Ordnung ist.«

»Ja«, sage ich. »Da konnte ich den Mund nicht halten.«

»Wir haben da auch gesessen«, sagt Esther. »Ich bin dort geboren.«

»Meine ganze Familie hat dort gesessen«, sage ich. »Das ist die Perversität dieses Ortes. Erst die Juden, nach dem Krieg die Landesverräter, danach die Molukker. Du kannst von den Niederlanden sagen, was du willst, aber Feinfühligkeit war noch nie ein Hindernis für Sachlichkeit.«

»Ich habe aber gute Erinnerungen an dort«, sagt sie.

»Ich habe einen Onkel, der behauptet, Auschwitz sei die beste Zeit seines Lebens gewesen. Darum geht es nicht.«

»Das ist nicht dein Ernst«, sagt sie.

»Dieser Onkel? Nein, natürlich nicht.«

Wir trinken und schauen in die Dunkelheit, die über die Baumkronen gekrochen ist.

»Was ist mit diesem Auto?«, sagt sie, als wir zu ihrem Wagen gehen.

»Ich weiß es nicht. Es fasziniert mich. Drei alte Exterroristen. Sie streifen durch die Gegend. Sie werden nie mehr einen Ort finden, an dem sie zu Hause sind. Sie irren in einem Schattenreich umher, gefangen zwischen Vergessen und Wirklichkeit. Sie können nie mehr zurück.«

Sie sieht mich eine Weile an.

»Genau«, sagt sie. »Genau so.«

Wir stehen unter den Baumkronen, die das aus dem Haus fallende Licht grellgrün leuchten lässt. Es riecht nach nassem Holz, Humus, Regen. Ein Zögern. *Also, dann fahr ich jetzt mal. Fahr vorsichtig.* Ich umarme sie. Ich will sagen *ich liebe dich*, sage es aber nicht. Ihre Arme um mich herum, meine

Wange an ihrem Haar. Trost, ja, Trost. Was ist der Unterschied zwischen Freundschaft und Liebe? Körperliche Anziehungskraft? Esther in meinen Armen, ich in ihren Armen, und ich denke, dass sie die Hübscheste war, damals, in der Schule, dass ich Stolz empfand, wenn wir zusammen auf der Straße gingen oder in einer Kneipe saßen. Und nie ...

Nie?

»Es ist viel zu nass, um hier so lange zu stehen, Hagenau.«

Ich lasse sie los.

»Daheim wartet man auf mich.«

»Ich wollte nicht ...«

»Du willst nie etwas.«

Sie steigt ein, startet, Baumstämme leuchten auf, der Wagen setzt sich in Bewegung, biegt auf den Weg zwischen den Bäumen, eine Hand, die aus dem Fenster winkt, das Licht der Scheinwerfer, das noch zu sehen ist, als ich den Wagen in der Dunkelheit schon nicht mehr sehen kann. Auspuffgase unter den Baumkronen. *Ist es lange her? Ist es lange her ...*

10

Plötzlich die Erinnerung an etwas, was du vergessen hast (also nicht) und darum nicht erzählt hast. Was du aber hättest tun müssen.

Dass du, eines Tages, vor ein paar Wochen (*ich weiß nicht mehr, an welchem Tag, Mevrouw Sital*), mit einem Pappbecher Kaffee auf der Heckklappe des Landrovers saßest und gedämpfte Stimmen neben dir hörtest und dass du sagtest *wenn es privat ist, könnt ihr besser in den Wald gehen* und dass sie da hinter dem Wagen hervorschauten, er ein Sechziger mit gegerbter Haut, sie etwas älter, langes graublondes Haar, zu zwei Zöpfen geflochten. Entschuldigende Worte von ihm, dass er rauchen wolle (wobei er zur Illustration eine Selbstgedrehte hochhielt), und ihr nachsichtig-missbilligender Blick. Nichts Auffälliges. Die gleiche Kleidung wie alle (T-Shirt mit dem Aufdruck *GUTEN TAG*, Cargohosen, Arbeitsschuhe). Tadelloses Niederländisch mit leichtem Akzent. Ab und an ein leiser Anklang von deutscher Grammatik (*darf man hier rauchen im Wald?*). Die Hartnäckigkeit, mit der sie beim »Sie« blieben.

Händeschütteln.

Theo.

Angenehm.

Effi.

Angenehm.

Samuel Hagenau.

Ob du vielleicht deutsche Vorfahren habest.

Du: dass Hagenau seinerzeit tatsächlich deutsch gewesen sei, dass du aber nicht wüsstest, ob deine

Vorfahren sich als Deutsche oder als Franzosen fühlten, wahrscheinlich eher unbestimmt.

Ach. Wieso?

Stark gekürzter Bericht von der Wanderung (Flucht) der Familie nach Amsterdam. Darauf kurze Stille.

Theo: »Dann muss es etwas Besonderes für Sie sein, hier zu graben.«

Dass man dich angeheuert habe. Das heißt: nicht deine Wahl.

Worauf sie etwas sagte über die Launen des Schicksals.

Eine hochgewachsene Frau. Auf sehnige Art schlank. Wie eine überzeugte Makrobiotin. Große, tiefliegende graublaue Augen. Er etwas kleiner, Haare zum Schwanz zusammengebunden, kleiner Spitzbart. Der Typ alternativer Deutscher, den man auf der ganzen Welt findet. Sie haben das *Vaterland* verlassen, weil sie in einer Gesellschaft nicht Fuß fassen können, die sozialdemokratische Ideale zwar erfolgreich in den Rheinischen Kapitalismus integriert hat, aber nach wie vor hierarchisch ist. Man findet sie an der Atlantikküste in Portugal, wo sie sich ein Haus aus alten Seecontainern gebaut haben und sich mit Gelegenheitsarbeiten hie und da, Schmuckherstellung oder Surfbrettervermietung über Wasser halten. Sie haben Kolonien in Indien gegründet, wo sie als Anhänger eines Gurus leben. Sie lungern in Amsterdam herum und hoffen, irgendwann vom Heroin loszukommen.

Wie sie hier gelandet seien.

Eine Geschichte, von ihr, vom Umherziehen in einem alten Mercedes-Bus und dass sie jahrelang deutsche Studenten betreut hätten, die überall in Europa auf dem Gelände ehemaliger Lager arbeiteten – Birkenschösslinge ausreißen, Wald säubern, Instandhaltung, solche Dinge –, und dass diese Grabung hier eine Möglichkeit sei, auf andere Weise …

Worauf du das Wort »*Wiedergutmachung*« nicht gebraucht hast.

Stattdessen eine kurze Stille. Unterbrochen, als er von der Schuld des *Vaterlandes* anfing und du sagtest, man könne nicht an dem schuldig sein, was Eltern oder Großeltern … Und er: dass »*der Krieg*« und »*der Holocaust*« eine historische deutsche Schuld seien. Und du wieder: *Wenn die Geschichte doch so einfach wäre.*

Erstaunte Blicke. Ob du die Deutschen nicht …

Oh, ja, sagst du. *Jedes Individuum ist verantwortlich für sein Handeln, aber was geschehen ist, hätte niemals geschehen können, wenn es nur die Deutschen gewesen wären …*

Ein Vortrag über *the wider landscape* (»Und du konntest bestimmt den Mund wieder nicht halten«), sagen wir mal: das Netzwerk, und dass Niederländer, Franzosen, Belgier, Polen, von Österreichern ganz zu schweigen, alle mitwirkten und mithalfen und mitverdienten und dass wir hier also eher von der Schlechtigkeit des Menschen sprächen als von einem ausschließlich deutschen Verbrechen. *Ihr*, sagst du, *seid nach dem Krieg geboren, ihr könnt euch verantwortlich fühlen, aber nicht schuldig.*

Sie: *Ich verstehe, was Sie meinen, Herr Hagenau, aber ich denke, dass Sie derjenige sind, der sich verantwortlich fühlt, und dass wir, auch wenn wir Ihrer Meinung nach nicht schuldig sind, es auf jeden Fall vorziehen, diese Last zu tragen.*

Was dich ärgert, denn wer ist sie, um …

Eine Begegnung, kurzum, an die du dich erinnert haben musst, als Shannon Sital diese Namen nannte, aber du kannst dich nicht erinnern, dich in dem Moment an sie erinnert zu haben.

Wenn das Verdrängung ist, warum? Was für ein Interesse hast du

a) diese Deutschen zu schützen
b) Shannon Sital im Unklaren zu lassen
c) dich selbst in eine Position zu versetzen, in der du über Wissen verfügst, das andere nicht haben?

Mitleid? Wegen ihres toten Gefährten, ihrer ewigen Flucht, ihrer Heimatlosigkeit, Schuld- und/oder Verantwortungsgefühle?

Macht? Das heißt: Ich halte ihr Schicksal in meiner Hand? Also eine Form von Rache?

Du glaubst nicht, dass du dich rächen willst. Nicht mehr. Außerdem: Sie sind inzwischen verschwunden. Sie werden bestimmt nicht mehr in diesem Mercedes-Bus herumfahren, und selbst wenn: Es fahren Tausende von diesen alten Bussen in Europa herum. Aber du hast eine gute Personenbeschreibung von ihnen. Das stimmt. Eine bessere wahrscheinlich als die, über die Polizei und Nachrichtendienste in diesem Moment verfügen. Andererseits: Wie viele linke makrobiotische deutsche Alternative gibt es? Tausende. Viele Tausende. Und sie haben alle eines gemeinsam: Sie wollen nicht dort sein, wohin sie gehören.

Burkhard Kammermann, Heike Schneider, Ulrich Veen. Ich habe sie natürlich gegoogelt. Auch sie, die sich im Schatten aufhalten, existieren in der digitalen Ursuppe. Von ihr (Heike alias Effi Fontane) wissen wir, dass sie lebt. Einer der beiden Männer ist tot. Noch weiß man nicht, welcher. Bis jetzt sind sie wie Schrödingers Katze. Sie (Dortmund, 1951) ist die Tochter eines Pfarrers und einer Gymnasiallehrerin für Griechisch und Latein. Sie selbst studierte Psychologie. Sie tritt erstmals in Erscheinung bei einer Demonstration in ihrem Geburtsort anlässlich des Todes von Benno Ohnesorg. Die Demonstration wird gewaltsam aufgelöst, und

Heike Schneider wird festgenommen, als sie einen Stein in Richtung der Polizisten wirft. Das trägt ihr ein blaues Auge und ein Bußgeld ein. Danach verschwindet sie für mehrere Jahre von der Bildfläche. Sie besucht die Universität, ist aktiv in der linken Studentenbewegung, wird aber nicht auffällig. Dann beteiligt sie sich 1974 an der Besetzung des Büros von Amnesty International in Hamburg, wo sie inzwischen wohnt. Ralf Baptist Friedrich und Christian Klar gehören ebenfalls zu den Besetzern. Es ist unklar, welche Rolle Schneider in den darauffolgenden Jahren hat. Jedenfalls beteiligt sie sich aktiv an vier Banküberfällen. Auf Kamerabildern hält sie Angestellte mit einem Schnellfeuergewehr in Schach. 1979 werden ihre Fingerabdrücke auf einem nicht explodierten Sprengkörper unter den Bahngleisen in der Nähe einer amerikanischen Armeebasis gefunden. Danach ist es jahrelang still, bis sie in Gesellschaft von Kammermann und Veen bei einem Banküberfall in einem Ort nahe der niederländisch-deutschen Grenze auftaucht.

Burkhard Kammermann (Bremen, 1954), Sohn eines Religionslehrers und einer Zuschneiderin, trat erst spät der RAF bei. Mitte der neunziger Jahre, nicht lange bevor die RAF sich mit einem kurzen Brief an Reuters selbst auflöste, wurde er in Gesellschaft von Heike Schneider und Ulrich Veen gesichtet. Er ist der Enkel des Richters Kammermann (ebenfalls ein Burkhard), der während der Nazizeit politische Gegner des Regimes zum Tode verurteilte. Der junge Kammermann studierte Elektrotechnik und Informatik. Zwischen den Jahren nach seinem Studium und dem Moment, in dem er während eines Überfalls gesichtet wird, ist nichts über ihn bekannt. Manche Quellen orten ihn in Portugal, wo er einer kleinen Kolonie deutscher Aussteiger angehört haben soll. Es gibt Vermutungen, wonach er der Bombenbauer der (späten) RAF war.

Ulrich Veen (Hamburg, 1952) besuchte die Kunstakademie in Kassel, beendete das Studium jedoch nicht. Er arbeitete hier und da (Theater, eine Weile bei einem Zirkus) und landete wegen öffentlicher Trunkenheit, Widerstand bei der Festnahme und Ladendiebstahl in einigen Polizeiberichten. 1975 legte er eine Brandbombe in der Spielzeugabteilung eines Kaufhauses (unter einem Tisch mit kleinen Plastiksoldaten), und zwei Jahre später tauchte er als Fluchtfahrer bei einem Überfall auf ein Postamt auf. Einige Monate danach schoss er auf das Haus eines Industriellen. Niemand wurde verletzt.

In jedem anderen Land wären sie wahrscheinlich normale, sozial engagierte Menschen geworden. Die Art, die aktiv ist in der Gemeindepolitik, in Naturschutzvereinen, Auffangstellen für politische Flüchtlinge. Die Art, die Kinder und Haustiere zu Demonstrationen gegen die Gewalt in Syrien, die

Besetzung Tibets, den Plastikmüll in den Ozeanen mitnimmt. Doch als Schneider, Kammermann und Veen aufwachsen, ist Deutschland kein normales Land. Es ist ein Land mit einer Geschichte, die ein höheres spezifisches Gewicht hat als die vieler, als die der meisten anderen Länder. Es ist ein »*Land von Vätern und Verrätern*«. Kinder wachsen in dem Bewusstsein auf, an etwas schuldig zu sein, was sie selbst nicht verursacht haben, ihre Eltern tragen dunkle Geschichten mit sich herum, von denen vieles unbekannt und noch mehr unbesprochen ist. Es kommt zu drei Arten von Reaktionen: Schweigen, auf Wiedergutmachung zielendes Schuldbewusstsein und schließlich der »Nachkriegswiderstand«. Die RAF wird aus der letztgenannten Form von Schuldbewusstsein geboren. Für die Radikalen der sechziger Jahre sind »der Staat« und »das System« Größen, denen per definitionem zu misstrauen ist. Sie glauben nicht, dass der Vorkriegsstaat den Faschismus gebar, sondern dass der Staat/das System an sich ein faschistisches Instrument ist. Nur ein totaler Umbruch – Aufhebung des kapitalistischen Systems, Ende des *Bürgertums*, jener Säule der deutschen Kultur – kann den schlimmen Folgen des deutschen *Sonderwegs* ein Ende machen.

Die Taten der RAF lassen sich in gar keiner Weise entschuldigen, doch wer urteilt, sollte die bleischwere Schuld mitberücksichtigen, die auf den

Schultern junger Deutscher in den fünfziger und sechziger Jahren (und sogar heute noch) lastete. Der bekannte Soziologe Abraham Gans schrieb einmal: »Es ist gefährlich, die Deutschen mit ihrer Schuld allein zu lassen.« Die RAF bestand aus jungen Menschen, die in ihrer Schuld verlassen worden waren.

Die Frage ist: Was habe ich damit zu tun?

Meine Schuld? Meine schuldlose Schuld?

II

Im Wohnzimmer ihrer Amsterdamer Wohnung wird dir zum ersten Mal bewusst, dass du dich hier als Besucher fühlst, als Eindringling. Ein Zuhause wie eine Demonstration rationalen Lebens. Alles geschmackvoll, alles durchdacht. Du hast die Möbel im Verdacht, auf einem Raster zu stehen. Du hast Stöpsel in den Ohren und hörst Musik (welche? Du weißt es nicht mehr), Musik, weil du so eine Art Raum in ihrem Raum erschaffst, einen, in dem du zu Hause sein kannst. Es ist dunkel. Hinter den Fenstern herrscht die Stadt: Lichter, Flugzeuge am indigoblauen Abendhimmel. Auf dem Telefon das Foto, das jemand von euch gemacht hat. Zwei Menschen, die sich umarmen, sie schaut zu ihm auf. Eine verliebte Frau. Die Bäume. Die gelben Blätter auf dem Weg ... *all die Nächte* ... ein zu Scherben zerborstener Spiegel. Eine Scherbe Glück, eine Scherbe Kummer. Warum zerbricht alles? Warum kannst du es nicht heil erhalten? Heil machen, notfalls? Warum hast du nicht auf Shannon geachtet? Warum hast du dich nicht auf die Suche nach ihr gemacht, als du gemerkt hast, dass sie nicht mehr da war? Du musst doch gemerkt haben, dass sie nicht mehr da war! Sogar ein Kind, das ganz in sein Spiel versunken ist, sieht sich ab und zu um. He, wo ist … Du solltest doch auf sie achtgeben! Es braucht kein Auftrag zu sein, es braucht nicht ausgesprochen zu werden. Menschen geben aufeinander acht. Menschen sind füreinander verantwortlich. Du für sie, sie für dich. Ist Liebe Vögeln auf der Couch, über der Couch, unter der Couch? Ja. Ja, das. Aber auch Verantwortung. Sorge. Ich sorge für dich, Joyce.

Warum schaffst du es nicht, dass deine Frau dich liebt? Warum kannst du einfach nicht dahinterkommen, wie sie gestrickt ist? Warum ist das, was du Liebe nennst, nicht die Mitte, wo ihr euch begegnet, sondern die Grenze, wo sie aufhört und du beginnst?

Dass du mir durchs Haar fuhrst und sagtest …

Dass sie mal gesagt hat, sie fände es schön, gepackt zu werden, *durchs Bett gezerrt zu werden*, dass sie aber jedes Mal, wenn du Anstalten machtest, es zu tun, *zu schnell* sagte oder *jetzt nicht* und du denkst *was ist da eigentlich los, ist es etwa so, dass*

sie die Vorstellung erregend findet, das Verbotene,
das Illegale aber nicht gegeben ist, weil ich sage, dass
ich sie liebe, wenn ich sie aufs Bett schmeiße oder
gegen die Wand drücke, besteht das Problem viel-
leicht darin, dass sie mich kennt? dass du, indem du
ihr näher kommen wolltest, gerade weiter wegrück-
test und dass du sie vielleicht doch einfach an eine
Wand hättest drücken sollen, Rock hoch, Strumpf-
hose runterreißen, sie flachlegen, kein *ich liebe dich,*
ich begehre dich sondern sie packen, dein Mund an
ihrem Ohr, die Worte, die du knurrst, dass sie eine
geile Schlampe ist, dass sie das genau weiß *fühl nur,*
wie nass du bist dass du ... aber du kannst nicht anders, als zu sagen *ich liebe dich, mein Gott, ich ...*
du, der endlos seine Begierde erklärt hat, das heißt,
dass sie es war, das Objekt deiner Begierde, die Begierde selbst; dass du bei ihr sein wolltest, in ihr, auf
ihr, unter ihr, um sie zu entdecken und kennenzulernen, jedes Mal wieder von neuem, und dass du
sie schätztest und respektiertest, dass du stolz auf
sie warst, auf die, die sie war, dass du aber trotzdem vor allem in ihr sein wolltest *zwischen deinen*
Beinen, wo ich hingehöre ... das Verlangen ... *wa-*
rum sage ich sogar, wenn die Hemmungen gefallen
sind, noch immer, dass ich sie respektiere und intelli-
gent finde und ... warum kann ich nicht einfach das
Tier sein, das ich bin ICH WILL DICH VERDAMMT
NOCH MAL BESITZEN. Was ist der Unterschied

zwischen dir und den Fremden, die sie früher abschleppte, Unbekannte, mit denen sie mitging oder die sie nach Hause mitnahm (*Looking for Mr. Goodbar*), Männer, deren Namen sie vielleicht nicht mal kannte, die sie nie wiedersehen würde *ist es das, dass wir keinen anonymen Sex haben, außer wenn ich dich über der Couchlehne vögle und du mich nicht siehst, dass ich dann jeder sein kann, vor allem jemand, den du nicht anzuschauen brauchst, jemand, den du nicht zu kennen brauchst und der dich nicht kennt, dass du allein sein kannst gerade während des Aktes, bei dem der Mensch am wenigsten allein sein sollte, dass der Körper, mit anderen Worten, von der Seele losgelöst ist, dass der Geist irgendwo anders ist, wenn der Körper tut, was der Körper tut, wenn ein Körper den anderen berührt?* Alles, was du in den zurückliegenden Jahren versucht hast, die gegenseitige Entdeckung, die Reise ineinander, einen Ort schaffen, den nur ihr kennt, *somewhere only we know* und dieser ganze Schwachsinn, das war vielleicht das Entgegengesetzte von dem, was sie suchte, und du hast damit das Gegenteil von dem erreicht, was du bezwecktest. Joyce wie eine Fata Morgana, am Horizont schimmernd, immerfort winkend und immer unerreichbar. Du hast dich auf den Weg gemacht, und nach einer Weile entdeckst du, dass du im Kreis gegangen bist, dass du dort angekommen bist, wo du angefangen hast, dass der

Anfang und das Ende ein und derselbe Ort sind. *Aber was, Joyce, ist dann mit den Samstagmorgen, den Wochenenden, wenn wir gemeinsam wach wurden, redeten, in den Armen des anderen, uns küssten, das eine Mal, als ich dich streichelte und du erregt wurdest, du hattest dich zwischen meine Beine gelegt, deine Beine über meinen Beinen, auf die Unterarme gestützt, und du schautest auf meine Hand, die deine Möse streichelte ... deine aufgesperrten Augen ... zwei Finger in dir, der Daumen meiner anderen Hand auf deiner Klitoris, und dein Kopf, der zurücksank, deine Hand, die mein Handgelenk packte und die Finger tiefer hinein ...* Und später, erschöpft auf dem Bett, die Röte auf ihren Brüsten, die langsam weicht, du greifst nach ihrer Hand und versuchst, sie an dich zu ziehen, um sie festzuhalten, in deinen Armen, und sie sagt, dass sie duschen gehe und ob du auch Hunger habest. Warum ist sie in einem Augenblick da und eine halbe Sekunde später nicht? *Erinnerst du dich noch an Berlin, in einem Designerhotel mit Blick auf ein Stück Brachland mit halb ausgegrabenen Ruinen, die Museumsinsel, ein undefinierbares Regierungsgebäude? Berlin, wo ich dir den Heiratsantrag machte und dir einen Ring über den Finger schob in einem Restaurant, in dem die hippe Bourgeoisie – nervös-magere Frauen, Architekten mit strengen schwarzen Brillen – Cappuccino aus Schwarzwurzeln löffelt und* sich begeistert über Hauptgerichte auslässt, die mit einer Pinzette und einer Lupe angerichtet wurden. *Du trinkst einen neuseeländischen Riesling.* Nach Mitternacht beschwipst zurück durch eine schicke Geschäftsstraße, wo du vor einem Schaufenster mit glänzenden Damenschuhen stehen bleibst, in der Mitte ein Paar knallig pinke Lacklederpumps. Und sie: *Mein Gott, wie ordinär.* Du: *Ich kaufe sie dir, wenn du sie nur im Bett trägst.* Ihre Hand, die in deine Hosentasche gleitet und dein Geschlecht streichelt. Du nimmst ihr Kinn zwischen die Finger, du schaust ihr in die Augen, du leckst über ihre Lippen. Ihre einknickenden Knie. *Und dann musst du mich ganz hart vögeln.* Der Gedanke ... hier ... an einer Mauer ... Geil und duselig ins Hotel, eilig durch die Lobby, in den Lift, wo ihr euch zu küssen beginnt, als wolltet ihr im Mund des anderen verschwinden, und im Zimmer, sie hat ihren Slip schon ausgezogen, auf dem Bett, halb entkleidet, fiebrig, gierig wie Ausgehungerte. *Mach mich zu deiner Frau. Nimm mich.* Ihre trüben Augen, ihre geschwollenen Lippen. Und später, ihre roten Pumps auf dem Boden, ihre Wimperntusche zerlaufen. Du nimmst ihre Hand. Du spürst den Ring an ihrem Finger. Ihre Rührung, als du ihn ihr im Restaurant über den Finger schobst. Du sprichst vom Aufgebot. Ihr Blick ist plötzlich leer. Was los sei. Dass sie noch mit ihrem vorigen Lover verlobt sei, dass er sogar in der Kirche heiraten wolle, was für sie nicht sein müsse, da sie dem keinerlei Bedeutung beimesse, dass sie aber »ja« gesagt habe und dass sie ihn zwar verlassen habe, aber … Eine Wortgirlande, die gehetzt ihren Mund verlässt. Als ob etwas nachgeholt werden müsse. Die Dunkelheit im Zimmer, vor ein paar Minuten spannend und geheimnisvoll, ist eine bleierne Finsternis. »Du hattest Heiratspläne mit jemandem?« Dass das nichts bedeute. Du wusstest nicht, dass es so ernst mit jemandem gewesen war, dass es noch nicht lange vorbei sein kann, denn ein Aufgebot bleibt … wie lange … maximal ein Jahr bestehen? Vor fünf Minuten triebst du es halb entkleidet mit einer Dringlichkeit, die … »Du wolltest jemanden heiraten. Du wolltest es so gern, dass du sogar bereit warst, kirchlich zu heiraten …« »Ja, aber …« Warum sie davon nichts gesagt habe. Du stehst jetzt neben dem Bett und schaust. *Mach mich zu deiner Frau, nimm mich.* Ein Gefühl, das du nicht kennst. Sie: dass du dir doch wohl vorstellen könnest, dass es ihr schwergefallen sei, das zu erzählen. Du: ob es denn jetzt leichter geworden sei, nachdem du a) ihr einen Heiratsantrag gemacht hast, b) ihr euch vor ein paar Stunden verlobt habt, c) ihr gerade noch leidenschaftlich gevögelt habt (so sagt man), d) … Es gibt kein d). Du watest durch die Dunkelheit ins Badezimmer, schließt die Tür und starrst in den Spiegel.

Was ist zu tun?

Du weißt nicht, was zu tun ist.

Das Gefühl, das du fühlst.

Wie sagt man?

Als du in jener Nacht wach liegst und ins Dunkel starrst, wiederholt sich das Gespräch endlos in deinem Kopf, ein Lied, das du einfach nicht zum Schweigen bringen kannst *dass du sagtest, ich bin so froh, ding-dinge-dong*. Und dazwischen oder darüber oder darunter: Fragen.

1. Betrug? Lüge? Angst?
2. Abhängig von der Antwort auf die vorige Frage: Ist das fundamental? Das heißt, braucht es eine Entscheidung?
3. Falls ja, welche?
4. Wenn du eine Entscheidung triffst, kannst du dann den Mund aufmachen?

Eine Nacht wie ein Grab.

Zwei Wochen später, ihr wart im Konzert und geht nach Hause, wo, als du ins Wohnzimmer trittst, alles Mögliche auf dem Fußboden liegt. Fotos, Papiere, CDs. Du machst Anstalten, die Polizei anzurufen, aber sie hält dich davon ab. Es sei ihr Ex. Sie sei sich sicher. Er sei hier gewesen. Wie das gehe. »Er hat einen Schlüssel.« Du siehst sie an. »Wie lange ist die Beziehung vorbei?« Ein Jahr, aber sie habe vergessen, den Schlüssel zurückzufordern. »Joyce, wir sind über ein Jahr zusammen.« Ihr Hals färbt sich rot. Du lässt den Blick auf ihr ruhen. Sie lügt. Du weißt es, und sie weiß, dass du es weißt. Die vorige Beziehung bestand noch, als sie etwas mit dir anfing. Wie lange hat das gedauert, diese Überlappung? Was hat sie zu dem anderen Mann gesagt? Und auch: dass du also der Einzige warst, der das einzigartig/besonders/speziell fand. Dass sie offenbar vor einer Wahl stand. *Ich liebe Käse, aber auch Marmelade, ich liebe dich, aber auch ihn.* Warum hat sie sich für dich entschieden? Weil du »besser« warst? Weil sie des anderen überdrüssig war? Und hat sie sich eigentlich für dich entschieden, wenn sie offenbar eine Zeitlang (wie lange?) zwei Männer hatte? Der Gedanke, dass sie nicht nur lügt, sondern vor allem auch eine miserable Lügnerin ist. Oder vielleicht keine Lügnerin, sondern jemand, der schlecht improvisieren kann? Ist es vielleicht kein Betrug, sondern Panik? Du siehst sie an, gespannt, ob sie von sich aus etwas sagt. Eine Erklärung abgibt. Einen Hinweis. Irgendetwas. Sie wendet den Blick ab. Sie redet vor sich hin, eine Wiederholung von Finten, dass sie dies nicht mehr genau wisse und das nicht mehr, dass das alles nichts bedeute, nicht so wie wir … Sie verstummt. Das Hin und Her. Die Ausflüchte. Dieses Festhalten an einer Geschichte, an die niemand glaubt. Die Situation lässt sich leicht

179

lösen. Sie braucht nur zu sagen, dass sie mit einer kleinen Notlüge begann, weil sie es schwierig fand, weil sie dich nicht verletzen wollte und so weiter. Aber das scheint sie nicht zu können. (Ehrlich gesagt glaubst du auch nicht, dass das geht. Es gibt zu viel, was sich nicht erklären lässt: die Überlappung, die Annahme eines Heiratsantrags, während das Aufgebot für eine Heirat mit einem anderen noch gültig ist.) Du blickst mit großem, distanziertem Interesse auf sie. Verhalten, das du nicht verstehst, das du nicht erklären kannst. Wie ein Chemiker, der in einen Erlenmeyerkolben starrt und sich fragt, was da in Gottes Namen im Gange ist. Spock, der die menschliche Natur zu ergründen versucht. Was ist einfacher, als gleich zu Beginn die Wahrheit zu sagen? Du hättest es vielleicht schwierig gefunden zu hören, dass sie noch nicht »frei« war, als ihr euch kennengelernt hattet, aber das wäre sicher vergangen. Es ist nicht schön, aber so was passiert nun mal. Hat es mit Vertrauen zu tun (dass sie das nicht tat/konnte/wollte)? Dass sie deiner Reaktion, deinem Verständnis nicht traute? Liegt es an dir? »Du hattest noch was mit ihm, als du mich kennenlerntest, Joyce.« »Ich liebe dich!« Heulen. Sich mit den Händen auf den Kopf schlagen. Unkontrolliert schluchzen, so laut, dass sie außer Atem gerät. Ihr geht erschöpft schlafen, und später in der Nacht wachst du aus einem Albtraum auf, an den du dich schon nicht mehr erinnerst, als du die Augen öffnest. Hämmerndes Herz, jagender Atem, kalter Schweiß, du verlässt das Bett, im Zimmer flüstern die Schatten. *Was machst du hier? Wir wollen dich nicht. Alles ging gut, bis du kamst. Denkst du, es wird besser? Denkst du, das ist ein Zwischenfall? Dies ist unser Leben, und wenn du meinst, du kannst es ändern, wenn du meinst, du hast einen Platz in diesem Leben, dann irrst du dich. Arschloch.*

Jemand, der über sich und über sein Leben Lügen erzählt, der weiß, dass du weißt … und es trotzdem nicht zugeben kann oder will. Es gibt eine Frage, die du dir nicht stellen willst, nein, die du nicht hören willst, die sich aber dennoch in deinen Gedanken einnistet. Wenn so vieles unwahr ist, was ist dann wahr? Ist die Folge ihres Betrugs (sagt man so?), dass jetzt alles dem Zweifel unterliegt?

Warum willst du ihr glauben, selbst wenn du weißt, dass du ihr nicht glauben kannst?

Was ist das?

Und dann bist du verheiratet. Sie ist unter der Woche in Amsterdam, an den Wochenenden seid ihr im Wald, oder du fährst zu ihr. Eines Tages ruft sie an: Sie gehe in der kommenden Woche mit Kollegen auf eine Studienreise nach Brüssel. Du scherzt: dass schwerfällig arbeitende Institute (ihre Klage über die Organisation) manchmal offenbar sehr schnell agieren könnten. Was du damit meintest. Dass es so plötzlich komme, diese Studienreise. Sie sagt, es sei weniger eine berufliche Studienreise, sondern ein kleiner Ausflug mit Kollegen und … »Die ganze Abteilung?« Nein, drei Kollegen. »Joyce«, sagst du, »es ist also keine Studienreise, obwohl du das gesagt hast, und es hat, wie ich verstehe, auch nichts mit deiner Arbeit zu tun. Warum sagst du das nicht einfach?« Weil es nicht wichtig sei. Du sagst, dass es das ursprünglich nicht war, jetzt aber schon. Wer die Kollegen seien. »Gerben und Jacob und Amir«, sagt sie. Es ist lange still am Telefon. »Du machst einen Vergnügungstrip mit drei mir unbekannten Männern?« Ob du ihr nicht vertraust. Nein, denkst du. Ich vertraue dir nicht, Joyce. Und rate mal, woher das kommt? Du fragst, warum sie so ausweichend tue. Sie sagt, sie habe Angst gehabt, dass du eine große Sache daraus machst, und dass das stimmt, denn genau das machst du jetzt. Es ist eine faszinierende Selffulfilling Prophecy, und sie scheint es nicht zu sehen. Gibt es so etwas wie einen unschuldigen Lügner? Ist sie das? »Kommt nicht in die Tüte, Joyce.« Dass das nicht deine Angelegenheit sei. Dass sie das also ignorieren werde. »Ein Beispiel«, sagst du. »Ich erzähle, dass ich mit Kollegen irgendwohin auf Studienreise gehe, und dann stellt sich heraus, dass es keine Studienreise ist, dass die

Arbeit damit nichts zu tun hat, auch wenn ich das mit dem Wort ›Kollege‹ suggeriert habe, und dass es außerdem drei Frauen sind. Dass ich also eigentlich hätte sagen müssen: Joyce, ich mach mit ein paar Frauen, die du nicht kennst, mal ordentlich einen drauf.« Es ist still. »Kommt nicht in die Tüte, Joyce.«

Die Frage, ob du dich daran erinnerst, weil du nach Vorzeichen suchst, die du übersehen hast, die es vielleicht nicht einmal gab, oder ob das alles wirklich so ist, in welchem Fall du blind warst und taub, ein Idiot, der versucht hat, ein Haus auf Sand zu bauen, und die Frage, warum sie dir dann so lange zugesehen hat. (Sie muss doch bemerkt haben, dass deine Versuche zum Scheitern verurteilt waren?) Wollte sie, dass es gelang? Dass es diesmal klappte? Ganz zu Anfang sagte sie, dass sie, bevor ihr euch kennenlerntet, akzeptiert hatte, allein zu bleiben, eine Frau, die allein nach Hause käme, allein kochen würde, allein essen, allein schlafen (die verzweifelte Suche nach anonymem Sex: aus und vorbei), allein aufwachen würde und so weiter und so weiter. Hast du sie mit deinen hochgestimmten Idealen und dem Bild, das du von euch, vom Glück hattest, in eine Beziehung hineinmanövriert? Hast du sie von etwas überzeugt, woran sie selbst nicht (mehr?) glaubte? (Und dass das dein Ding ist: eine Frau von der totalen Liebe zu überzeugen, die Frau, in die du verliebt bist, mit dem Feuer zu überrumpeln, das in dir tobt, mit deinem Alles oder Nichts, wie ein Sektenführer, der Leute dazu bringt, an das Unwahrscheinliche zu glauben, *gib alles auf und folge mir*, Tod oder Sieg, schwarz oder weiß, Schmerz oder Wonne oder beides.)

Auf einmal der Duft von sommerabendlichem Geißblatt, Maria hinter dir auf dem Fahrrad, du mit dem Kopf im Nacken, ihre Arme um deine Taille und ihre Wange an deinem Rücken. *Walking my baby back home* ... Dass damals alles noch in Ordnung war. Was nicht stimmt, die Erinnerung ist die Hure deines Gefühls, aber trotzdem.

Aber trotzdem.

Du denkst *vielleicht bin ich zu viel für mein Gegenüber, vielleicht ist es mein Fehler, dass ich alles richtig machen will, dass ich heilen will, was kaputt ist, dass ich den Schmerz von alten Wunden nehmen will und dieses ganze Gelaber und dass ich nicht akzeptieren kann, dass mir das nicht gelingt.*

Tayatha gate gate paragate parasamgate bodhi soha. Alles ist von sich aus leer, ja, aber alles ist auch voll, und du spürst das Nichts und das Viele, Shannon, wo sie ist und dass du noch immer nicht glaubst, dass sie tot ist, dass du das Wort »tot« in Bezug auf sie nicht einmal denken kannst, als würde es eine Tatsache, wenn du das denkst, du betrachtest sie noch immer als jemanden, der fort ist, jetzt, in diesem Moment, vorübergehend, verirrt, jemand zwischen dem Leeren und dem Vielen, auf der Suche nach *an island with a shaded tree* ...

Was ist der Unterschied zwischen Shannon und Joyce?

Wie sagt man das ...

Ein Geräusch, das du nicht einordnen kannst. Ein beunruhigendes Geräusch. Du gehst nach oben und findest die Quelle des Geräuschs im Badezimmer, wo Joyce auf dem Fußboden sitzt, den Kopf an der Wand, Blut an der Wand. »Geh weg.« Ist sie hingefallen? Was ist ... Und mit einem Mal begreifst du es. »Mach das nicht.« Widerwille in deiner Stimme. Joyce sinkt schluchzend in sich zusammen. Sie liegt auf dem Boden und heult. Ein tiefes Geräusch. Ein Hinauswürgen des Kummers. Wie eine Badewanne, die leer läuft.

Du willst etwas sagen.

12

Was im Osten liegt.

The wider landscape.

Das heißt ein Stück aufwärts gebogenes Bahngleis, ein Prellbock, eine Mauer aus kleinen Findlingen mit Gedenktafeln, darauf ein Vers aus den Klageliedern: »Man stellte unseren Schritten nach,

wir konnten nicht auf die Straßen. Unser Ende war
nah, die Tage voll, ja, unser Ende kam.«

Dahinter?

13

Shannon Sital, die fragt, warum ich zu dieser Art
Forschung gewechselt sei. Lagergelände. Mein
Fachgebiet sei …

»Prähistorie.«

Dies im Auto, nach unserem Gang über das Lagergelände.

»Warum?«

»Forschungsplätze an Universitäten sind rar.«

Und dass ich mich mit der Zeit auf digitale Archäologie spezialisiert hätte.

»Satellitenfotos, Lidar, solche Dinge. Das kann
man zu Hause machen.«

Sie blickt vor sich hin, während sie zuhört. Nach
einer Weile: »Und du bist keiner, der in einer Firma
arbeitet? In einem Team?«

Eine Frage, die wie eine Feststellung klingt.

»Das scheint die vorherrschende Meinung zu
sein.«

Ob ich mich seinerzeit aufgrund ihres abstrakten
Charakters für die Prähistorie entschieden hätte?

Ich schaue zur Seite.

»Es gibt nichts Abstraktes an der Prähistorie. Wenn man ein Skelett freilegt, das Tausende von Jahren alt ist, Grabbeigaben, wenn man Glück hat, in ganz seltenen Fällen noch ein Textilfetzen, und wenn man ganz viel Glück hat, Haarreste, wenn man das tut, dann berührt man jemanden, der hier nicht nur schon vor sehr langer Zeit war, sondern rührt auch an eine Vorstellung von der Welt, darüber, wer wir sind, was wir sind. Dass niemand ›von hier‹ ist, zum Beispiel, dass Menschen in diesem Gebiet gelebt haben, in dem, was wir als ›unser Land‹ bezeichnen, die von irgendwoher kamen, aus dem, was heute Deutschland ist, aus der Türkei, aus Russland. Dass die Welt aus Menschen besteht und von Menschen geformt ist, die einen Ort verlassen und an einen anderen Ort ziehen, manchmal von Abenteuerlust getrieben, oft von Hunger, der Verheißung von etwas ›Besserem‹. Dass wir also alle dort zu Hause sind, wo wir sind. Nicht dort, von wo wir kamen. Menschen sagen: Dies ist unser Land, weil sie schon etwas länger da sind. Aber die Welt, so wie sie ist, ist entstanden, weil jemand einen Ort verließ.«

Adam und Eva, will ich noch sagen. Aber das sage ich nicht.

Ihr Blick.

14

In den Probegruben wird gegraben, im Zelt wird gewaschen, sortiert und beschrieben. Die Minuten gleiten dahin, die Stunden verstreichen. Als ich in der Mittagspause weggehe, um Kaffee zu holen, ruft jemand: »Keine komischen Sachen finden, hörst du?« Später am Nachmittag steht Shannon Sital klein und schweigend zwischen den Tagesausflüglern, Amateurarchäologen und ein oder zwei Pressevertretern. Ich wische mir die Hände an der Hose ab und begrüße sie. Ob ich etwas für sie tun könne. Sie schüttelt den Kopf. Aber Kaffee? Tee? Wir gehen zu dem Zelt, in dem die Thermoskannen zwischen gebrauchten Pappbechern, verschüttetem Zucker und zerpflückten Rührstäbchen stehen.

Theo Briest und Effi Fontane haben tatsächlich in einem Freizeitpark gewohnt, sind aber an dem Tag, an dem das Auto in Brand gesteckt wurde, verschwunden.

»Und jetzt können sie überall sein«, sagt Shannon Sital. »Es gibt einen europäischen Fahndungsbefehl, schon seit Jahren, aber solche Leute findet man eigentlich nur durch Zufall. Bei einer Geschwindigkeitskontrolle, wenn sie in einen Unfall verwickelt werden oder eine rote Ampel überfahren.«

»Genau wie den Wolf«, sage ich.

Sie sieht mich an. »Was?«

»Den Wolf. Den findet man auch nur, wenn man ihn nicht sucht.«

Sie schüttelt den Kopf.

»Wissen wir schon, wer der Mann unter dem Wagen ist?«

Sital nickt. Ulrich Veen. Und meine Annahme, er sei an diesen Ort gekommen, um zu sterben, stimme wahrscheinlich. »Er hatte Krebs in einem weit fortgeschrittenen Stadium, und in seinem Blut wurden Spuren eines schweren Opiats gefunden.«

Ich habe Shannon Sital auch gegoogelt, aber Menschen wie sie sind keine Typen für Facebook-Seiten mit Katzenfotos. Sie haben sich nie auf nostalgischen Klassentreffen-Seiten angemeldet, sie twittern nicht, und sie haben ein Talent, nicht auf Fotos von Dritten zu erscheinen. Ich weiß nur das, was ich sehe. Wo sie wohnt, wie ihr Leben aussieht, was sie abends macht, ob sie sich allein fühlt … Keine Ahnung. Soll ich sie fragen, ob sie etwas mit mir trinken geht? Kaffee? Einen Drink? Alles in mir sagt »nein«. Aber das hat nichts mit ihr zu tun. Genau wie die Frage, weshalb ich eigentlich neugierig auf sie bin. Das hat auch nichts mit ihr zu tun. Oder vielleicht doch, aber wer bin ich, noch etwas von anderen Menschen wissen zu wollen, von ihren Beweggründen, von … Mein sozialer Instinkt, diese natürliche Fähigkeit, Absichten einzuschätzen, ist defekt. Vielleicht war ich nie gut darin, aber jetzt, nach Joyce, zweifle ich an allem. Es ist nicht nur so, dass ich Joyce nicht lesen konnte, sondern dass ich das, was ich las, falsch interpretiert habe. Es ist eine andere Art von Zweifel (Unsicherheit) als zu Anfang, als wir erst kurz zusammen waren, alles noch gut (*Alles ist gut!*) und kein einziger Grund zu denken … aber du zweifelst trotzdem und weißt nicht, warum du zweifelst. Eine irrationale, nicht zu deutende formlose Angst. Die Furcht, dass immer alles kaputtgeht? Sag ruhig: das Gesetz des Universums? *Shit will happen?* Mehr als das. Anders. Die gleiche formlose Angst, mit der du nachts aufwachst, du starrst in die Dunkelheit, du machst das Licht an, du machst das Licht aus, Licht an, Licht aus. In dem Moment zwischen hell und dunkel gibt es etwas, das zum Leben erwacht, etwas, das sich in dem Bruchteil einer Sekunde ausbreitet, in dem es hell/dunkel gibt/nicht gibt. Etwas, das tastende bleiche Fühler nach dir ausstreckt, Kontakt sucht. Es ist da, überall, im ganzen Zimmer, und es ist nicht da. Wenn du endlich zu müde bist, um wach zu sein, das heißt, wenn die Müdigkeit größer ist als die Angst, dann fällst du in eine bodenlose schwarze Tiefe, und die Finsternis schließt sich über dir, als würde jemand einen Brunnendeckel über dir zufallen lassen. Licht wieder an. Senkrecht im Bett. Dies ist die große, tiefe Angst. Oder ist es Verzweiflung?

Dass du so verzweifelt bist in deiner Einsamkeit, in deinem Kummer, in deinem Gefühl der Verlassenheit, dass du die Verzweiflung nicht einmal erkennen kannst? Der Gedanke, dass das Leben vorbei ist und dass du nur noch atmest, dass du gehst, dass du sprichst, dass du Dinge tust, aber *dich* gibt es nicht. Dass du bereits tot bist, aber du weißt es noch nicht. Du wankst durchs Leben, weil der Organismus sich weigert zu erkennen, was der Geist bereits weiß. Dass alles vorbei ist. Du und das, was du warst. Vorbei. Alles geschieht und ist geschehen und wird wieder geschehen. Es gibt nichts Neues unter der Sonne. Aber du bist hier, und es ist Nacht geworden, für dich wird nichts mehr geschehen. Du warst einmal. Joyce ist fort.

»... abschließen«, sagt Shannon Sital.

Ich lächle. Ist dies der Moment, ihr zu erzählen, dass ich mit Theo und Effi gesprochen habe? Wir werden wieder in die Dienststelle müssen für eine Aussage. Ihr Argwohn. Warum ich erst jetzt damit ankomme. Und ja, warum komme ich erst jetzt damit an? Um nicht Abschied nehmen zu müssen? Warum sollte ich nicht Abschied nehmen wollen von jemandem, den ich kaum kenne? Und warum sollte ich Theo und Effi, sie klingen in meinem Kopf schon wie gute Bekannte, warum sollte ich sie anzeigen? Anzeigen ist nicht das richtige Wort. Aber so fühlt es sich an. Nein, lass sie. Sie sind alt und müde und einsam. Aber was ist dann mit der Verantwortung? Sie müssen sich für ihre Taten verantworten.

»Nett, dich kennengelernt zu haben«, sage ich.

Sie nickt.

Shannon Sital checkt ihr Telefon.

»Wie bist du hergekommen?«

Sie ist auf dem Parkplatz beim Erinnerungszentrum abgesetzt worden und mit dem Besucherbus hergekommen.

»Wenn du eine halbe Stunde Zeit hast, bringe ich dich zurück.«

Das ist nicht nötig. Ein Kollege holt sie beim Parkplatz ab.

Sie wollen das Ferienhäuschen durchsuchen, in dem die Verdächtigen gewohnt haben.

Ich sehe ihr nach, als sie geht. Nach einer Weile, sie ist hinter den Nadelbäumen verschwunden, stecke ich die Hände in die Taschen, ich umgehe die Grabung und spaziere Richtung Hingsteveen, durch die Waldplantage, die langen Wege, die Brandschneisen, zwischen hochschießendem Laubwald und strammen, geraden Stämmen. Es hat angefangen zu regnen. *I'm a-walkin' in the rain* ... Wo mag Joyce sein? Bei der Arbeit? Redet sie mit Kollegen während der Kaffeepause? Lacht sie? Ist sie traurig? So traurig wie ich? Es ist fünf, fast sechs Monate her. Wenn früher Uneinigkeit zwischen uns herrschte, war Joyce tagelang angeschlagen. Es half nicht, wenn ich sagte *wir waren uns uneins, eine Reiberei, eine kleine Streitigkeit, es hat nichts zu sagen, so was passiert, und es sagt nichts über unsere Beziehung.* Doch für sie war jede Kräuselung ein Beweis dafür, dass etwas nicht in Ordnung war. Zerfall. *A fly in the ointment.*

Der Weg ins Moor ist merkwürdig leer. Als ich hier mit Sital ging, gab es noch ein Echo, ein Nachbild. Ich stehe unter den herabhängenden Ästen eines Nadelbaums und schaue. Ein schwerer aschgrauer Wolkenhimmel mit dem Versprechen neuen Regens liegt über dem Moor. Links, in der Ferne, steht ein Grüppchen rostbrauner Hochlandrinder mit hängenden Köpfen dicht beisammen. Hier war etwas. Jetzt ist nichts mehr da. Ja, Prediger, sage ich laut, es gibt nichts Neues unter der Sonne, aber währenddessen verschwindet alles, und nichts bleibt, und so kommen wir nicht weiter. Was ist das Leben? Du bist unterwegs und weißt nicht, dass du unterwegs bist. Du bist, sagen wir mal, in der Mitte des Lebens, aber eigentlich bist du nicht vorangekommen. Du wohnst an dem Ort, an dem du aufgewachsen bist; du begegnest Leuten, mit denen du zusammen in der Schule warst, mit denen du eine oder keine »Geschichte« hast, du kennst die Gegend so gut, dass du in einer mondlosen Nacht durch Wald und Heide gehen kannst, ohne dich zu verirren. Aber ich bin nirgends gelandet. Ich habe mich bewegt, bin aber nicht von der Stelle gekommen. Einen Fuß vor den anderen und noch immer hier. Eine Wiederholung, du bist eine Wiederholung, die sich wiederholt. *And you may ask yourself, how did I get here?* Ein Schatten im Land der Lebenden.

Und was hat es gebracht? Freiberuflich tätiger Archäologe, der kaum noch gräbt, sondern meistens Satellitenfotos und Lidar-Daten auswertet. Zu Hause. Allein. Eine zugelaufene Katze. Menschen? Namen, die auftauchen und wieder verschwinden. Eine Busenfreundin, die du Jahre nicht mehr gesprochen hast, ein paar Leute von der höheren Schule, mit denen du nie wirklich Kontakt hattest, Maria. Es ist ein kleines Wunder, dass du Joyce irgendwann begegnet bist. Sie ging auf eine andere Schule. Ein Abend, diese Erinnerung jetzt sehr stark, in einer illegalen Cocktailbar in einem alten Lagerhaus hinter ein paar Geschäften, betrieben von einem Cousin von Esther. Joyce ist mit ein paar Leuten da, und einer von ihnen kennt dich. Du trinkst etwas mit ihnen. Du gehst wieder. Auf dem Fahrrad nach Hause denkst du an ihr Gesicht, diese Augen. Vor allem auch: ihr Desinteresse. Nicht nur an dir. An allem. Als wäre sie an einem Ort gelandet, an dem alle eine fremde Sprache sprechen. Warum fesselt dich das? Du weißt es nicht. Du spürst es. Du vergisst sie. Du arbeitest, du schläfst, du isst.

Eine Reise zu deinem Vater, der jetzt in Norwegen lebt und für den ehemals staatlichen Öl- und Gaskonzern arbeitet. Ein rot gestrichenes Holzhaus, eine neue Frau, die, als ihr kurz mal allein seid, sagt: »Max hat Angst, dass du ihm die Scheidung übel nimmst.« Du schüttelst den Kopf. Sie lächelt. Am nächsten Tag ein Spaziergang. Ein klarblauer Himmel, dunkle Nadelwälder, in der Ferne aufragende Berghänge. Als ihr euch setzt und Kaffee aus Aluminiumbechern trinkt, die Thermosflasche auf dem Picknicktisch, ist die Schweiz auf einmal wieder da. Joyce hast du inzwischen längst vergessen. Tage, Monate, Jahre. Und dann begegnest du ihr wieder, diesmal in Amsterdam, wo du ein Symposium über 3D-Archäologie besuchst. Du redest. Du scherzt. Alles in dem Wissen, dass du noch zu dem Ort zurückmusst, an dem du wohnst, an dem du immer geblieben bist, an den du immer wieder zurückgekehrt bist. Mit anderen Worten, dass du von dieser Begegnung nichts zu erwarten brauchst, weil du jemand bist, der verschwinden wird. Sie fragt, ob du etwas trinken willst, bei ihr. Am nächsten Tag fährst du zurück. Du fragst dich, was geschehen ist. *This is not my beautiful house! This is not my beautiful wife!* Ein Jahr später bist du verheiratet. Du bist nicht gegangen, du bist nicht verschwunden. Sie wird das tun. X Jahre später. Genau so, wie sie gekommen ist. Unerwartet. Scheinbar ohne Anlass.

Die Chaostheorie der Liebe. Das heißt, dass das Unerklärliche (das augenscheinliche Chaos, das entstanden ist) eindeutig deterministisch ist, dass du es aber nicht verstehst/siehst/erklären kannst.

How did I get here?

15

Morgen ist Samstag.

16

Eine Woche nach Beginn der Grabung fährt ein Polizeiwagen bis fast an das Zelt, in dem die Funde gesammelt werden. Zwei Beamte fragen nach Igor. Eine kurze Unterhaltung. Igor löst sich aus dem Gespräch und geht zur Grube. Er spricht Ammon an, einen gutmütigen rothaarigen Riesen. Der richtet sich auf, sieht Igor an, sieht in die Runde, senkt den Kopf. Später steigt er, assistiert von einem der Polizisten, hinten in den Wagen. Alle haben aufgehört zu arbeiten. Zwanzig, dreißig Augenpaare schauen zu, wie das Auto wendet und zwischen den Bäumen verschwindet. Igor kommt zurück. Ammon ist offenbar ein Flüchtling. Alle Instanzen ausgeschöpft, illegal, Igor weiß es auch nicht. Jemand beginnt zu schluchzen. »Ich dachte, er kommt aus Rotterdam«, sagt ein anderer. »Wie kann er ohne Papiere …«, sagt wieder ein anderer. Und: »Seit wann braucht man Papiere, um als Freiwilliger an einer Grabung teilzunehmen?«

Am nächsten Tag weiß Igor mehr. Ammon wohnt seit seinem zwölften Lebensjahr in den Niederlanden und hat keine Ahnung, wie das Leben in seinem Vaterland (aber niemand weiß, wo das ist) aussieht. Er spricht die Sprache kaum noch. Weil er während des Asylverfahrens studieren durfte, konnte er an die Universität. Jemand scheint ihm das Studium bezahlt zu haben. Jetzt ist sein Antrag offenbar abgelehnt worden. Er kann sein Studium nicht abschließen. Er muss zurück in ein Land, das er nicht kennt. Ob jemand weiß, wo Ammon wohnt? Stille. Fuhr er mit dem Bus zurück? Stille. »Er war sehr verschlossen«, sagt eine Frau. Du lachst. Ungehaltene Blicke. Jemand, der fragt, was um Himmels willen so … Du: dass es ironisch sei, dass ein Flüchtling hier arbeitet und geschnappt wird, um aus dem Lager … Zwanzig, dreißig Augenpaare.

Dies vor, wie lange, ungefähr einem Monat?

Die Gespräche, die du manchmal mit Leuten geführt hast, Bekannten von Joyce, als sie noch … Zum Beispiel über »die Flüchtlingskrise« und dass du einmal sagtest: die Krise von gestern, von letztem Jahr, von vor zehn Jahren, fünfzig Jahren, hundert Jahren, von noch länger zurück? Dass das Dasein eine einzige große Flüchtlingskrise ist, wolltest du nur sagen, dass, wenn man von der *condition humaine* spricht, man vielleicht auch über den Menschen als Flüchtling sprechen muss. Und natürlich nie einer, der deine Meinung teilte, vielmehr dass es unterschiedliche Arten von Flüchtlingen gibt und dass man nicht aufs Geratewohl Wirtschaftsflüchtlinge aufnehmen kann, dass die meisten Flüchtlinge im Übrigen am besten in der eigenen Region aufgefangen werden sollten. Und du, der dann sagte: Wenn man diese Politik schon länger verfolgt hätte, wäre Europa leer. Amerika übrigens auch. Ganz zu schweigen von Australien. Mit anderen Worten: Der Mensch ist Migration.

Joyce, nach einem solchen Gespräch, am Tisch bei Freunden von ihr: »Warum musst du alles so auf die Spitze treiben?«

Was sie meine mit …

»Du argumentierst bis ins Absurde weiter. Du tust gerade so, als wären meine Freunde halbe Faschisten. Du tust gerade so, als wäre es persönlich.«

Dass es persönlich sei. Weil Leid, in welcher Form auch immer, nur persönlich sein könne.

17

Die große Fläche zwischen den Zelten und Wohn-
mobilen ist leer, das Gras nass, die Wolken hängen
tief und sind bleigrau. Eine erstarrte Welt. Als wäre
man nach langem Schlaf aufgewacht, und niemand
wäre mehr da. Aber da sind Menschen. Ich habe sie
singen hören, als ich am Informationsschalter nach
Theo und Effi fragte, die, so hieß es, nicht mehr da
waren, vor einigen Tagen plötzlich abgereist, ohne
ihren Bus, und ob ich auch von der Polizei sei.

Ein Campingplatz für philosemitische Christen,
die an »Gottes Plan für Israel« glauben und dass die
Endzeit anbricht, wenn alle Juden wieder im Ge-
lobten Land leben und endlich einsehen, dass die
Jünger Jesu doch recht hatten. Sie feiern gern jüdische Feste, und weil heute Freitag ist, sitzt man jetzt
wahrscheinlich im Hauptgebäude und schmiert
nach alttestamentarischer Art Matze.

Joyce liebte Urlaub. Dann sah man mal »was anderes«. Wenn ich sagte, dass man das auch bei der
BBC oder bei Discovery sehen könne, dann war das
nicht das Gleiche. Und so liefen wir in Städten herum, in die wir nie wieder kommen würden, weil
wir dort nichts zu suchen hatten als die Zeit, die
wir verloren. Joyce machte Fotos, die wir uns nie
mehr anschauen würden, und ich versuchte, mei-

ne Langeweile zu unterdrücken. Vielleicht hätten wir auf einen Campingplatz gehen sollen. Leute, die abends mit einer Kiste Bier am Grill sitzen, die sich nicht für ihren Körper schämen und in fortgeschrittenem Zustand der Entkleidung sorglos zwischen Zelten und Wohnwagen rumlaufen, Füße in Flipflops, überquellende Bäuche, so viel Cellulitis, dass die Schönheitsindustrie von Verzweiflung gepackt wird. Ich darf nicht daran denken, aber es hat etwas Ehrliches. Wenn Joyce und ich von einer unserer Reisen zurückkamen, verbrachte sie das darauffolgende Wochenende am Telefon und erzählte ihren Freundinnen, was wir gemacht hatten: eine Geschichte zweier dynamischer Menschen mit enormem Interesse an Kunst und Kultur, die an der Theke eines Fischladens im überdachten Markt »inmitten der lokalen Bevölkerung« fantastisch gegessen hatten. Der Hafen, die Kirchen, die Plätze ... Ich dachte immer, dass sie irgendwo anders gewesen war als ich.

Vielleicht hat sie mich verlassen, weil sie bessere Gesellschaft suchte. So jemanden, der sich auf Datingsites als »liebt Reisen und Humor« beschreibt.

Auf der anderen Seite der Grasfläche, hinter ein paar großen Bungalowzelten, fast am Waldrand, steht ein Mercedes-Bus mit Markise in einem mit Absperrband schlampig markierten Viereck. Kleine Tafeln mit Nummern im Gras, zwei Aluminiumklappstühle an einem hellgelben Resopalklapptisch, auf dem ein Taschenbuch liegt, *Die Fälschung*, daneben ein Lesezeichen aus Stoff mit der Aufschrift »Gott kennt dich«. Die Schiebetür des Wagens steht offen. Auf dem kleinen Küchenblock ein Topf, eine Dose passierte Tomaten, Gewürzdöschen, ein verwelkender Bund Petersilie. Eine Gestalt in blauem Wegwerfoverall kommt aus dem Bus und sieht mich an. Ich nicke, lächle und winke, während ich davonschlendere. Ich bin hier zufällig vorbeigekommen. Ich setze einen Fuß vor den anderen und ...

Als ich die Grasfläche überquere, kehren die Geräusche der Welt in Form frohgemuter Musik zurück, die aus dem Hauptgebäude dringt. Das Wort »Jesus« erschallt. Es wird wohl kein Hiphop sein. Obwohl das nicht ausgeschlossen werden kann. Es gibt auch christlichen Speed Metal. Gläubige, ob sie nun der Herrschaft Gottes anhängen oder der eines politischen Systems, sind wie Unkraut. Sie besitzen ein enormes Anpassungsvermögen. Hole Gott vom Himmel herunter, und die Gläubigen finden einen neuen Platz für ihn. Zeige das Scheitern des Kommunismus, des Faschismus oder des Kapitalismus auf, und die Gläubigen sagen, dass er dort, in jenem Moment, nicht auf die richtige Weise praktiziert wurde. Erwähne Darwin, und auf einmal ist das Konzept des In-sechs-Tagen-fertig nicht mehr relevant, du solltest das höchste

Wesen eher als »Entwerfer« betrachten. Sag, dass es nicht in Marx' Absicht lag, dass Menschen in Gulags eingesperrt werden, und dass er nie von der Unterdrückung durch die herrschende Klasse als Voraussetzung für die ideale Gesellschaft gesprochen hat, und sie argumentieren mit einer Zwischenphase und dass nun mal Späne fallen, wo gehobelt wird. Die menschliche Bereitschaft, das Leid des anderen als Kollateralschaden hinzunehmen. Gläubige sehen einen Sonnenuntergang oder eine Bergkette im zarten Morgenlicht und konstatieren, dass Gott existiert. Man hört von ihnen nie etwas über die Nacktschnecke oder über Bauchspeicheldrüsenkrebs oder über diese Parasiten, die ihre Eier im Gehirn eines anderen Tiers ablegen, das dadurch langsam von innen her aufgefressen wird. Gläubige wollen die Welt nicht so, wie sie ist. Sie machen etwas anderes daraus. Etwas mit einem Plan, einem Ziel. Etwas mit Bedeutung. Ich glaube, dass Bedeutung durch Sein und Tun entsteht. Gläubige brauchen nicht zu sein und zu tun. Sie haben eine Karte des Daseins und folgen der markierten Route zum Glück.

Hinter den Fenstern des Versammlungssaals ist es still. Männer, Frauen und Kinder, alt und jung, fast alle weiß, an Kiefernholztischen. Sie hören einem Mann zu, der mit weiten Armbewegungen etwas erzählt. Drinnen hat jemand meine Anwesenheit bemerkt. Man winkt. Enthusiastisches Gewedel. Komm zu uns und geh auch du auf im Herrn. Ich deute auf meine nicht vorhandene Armbanduhr und zucke mit den Achseln. Als ich mich abwende und in Richtung Parkplatz davongehe, setzt die Musik wieder ein. Etwas mit »Ich atme, um von dir zu singen«. Atmen scheint mir auch praktisch für die vitalen Lebensfunktionen, aber wer bin ich? Ich setze einen Fuß vor den anderen und lande stets am falschen Ort.

Ich habe nichts gegen Gläubige oder den Glauben. Ich habe etwas gegen Jünger. Ihre Gewissheit, ihre Weigerung zu zweifeln. Es ist die gleiche Gewissheit wie die des modernen Atheisten, der sich ebenfalls, und auf die gleiche Weise, sicher ist. Ich habe keine Ahnung, ob es einen Gott gibt, ich weiß nicht, ob die Welt von irgendeinem System besser wird. Die Wanderung entlang der markierten Route brauche ich nicht. Ich setze einen Fuß vor den anderen. Ich habe nur unbefriedigende Antworten. Intuition. Wissbegierde. Ich bin Archäologe, und wir Archäologen wollen wissen, was …

Dieses ganze Gelaber.

In dem kleinen Büro des Hauptgebäudes frage ich den jungen Mann am Empfangstresen, wie Theo und Effi ihren Stellplatz reserviert haben. Er schüttelt den Kopf. Das hätten meine Kollegen auch schon gefragt. Es habe keine Reservierung gegeben. Sie seien mit ihrem Bus angekommen, und es sei noch Platz gewesen. Erst jetzt höre ich seinen leichten Akzent. Wo er herkomme. Pennsylvania. Ich beglückwünsche ihn zu seinem makellosen Niederländisch. »Mein Vater ist Niederländer«, sagt er. »Wir sind in zwei Sprachen groß geworden.« »Und im Glauben«, sage ich. »O ja«, sagt er. »Ich wüsste nicht, was ich ohne Jesus tun sollte.«

Leben? Ein gutes Buch lesen? Zum Balloërveld gehen und dich fragen, ob du so anders bist als die Steinzeitmenschen, die dort ihre Toten begruben und an ihre Götter glaubten?

Der mehrstimmige Gesang aus dem Saal hat ein Crescendo erreicht. Wir lauschen kurz. Der junge Mann sagt, es sei schön, wenn so viele Seelen eins seien in ihrem Verlangen. Ich sehe ihn an und lächle. Ich sage nicht, dass 1934 beim sechsten Reichsparteitag in Nürnberg 700 000 Seelen eins waren in ihrem Verlangen und dass dieses Zusammengehörigkeitsgefühl dazu geführt hat, dass wir jetzt einen Kilometer von hier entfernt ein Lager haben, in dem ich linke Schuhe und Arzneifläschchen finde. Ich sage auch nicht, dass der Gott Israels, auf den er und seine Freunde so versessen sind, die besten Beziehungen zu abweichlerischen Einzelgängern unterhielt, die sich mit ihm auseinandersetzten. Moses, der Gott tadelte, weil er die Wankelmütigen, die ein goldenes Kalb gebastelt hatten, mit seinem Zorn schlug. Abraham, der nicht einverstanden mit dem Massenmord war, den Gott in Sodom und Gomorra anrichten wollte, und der die Diskussion auf sokratische Weise gewann (oder wie »ein Markthändler«, wie mein Vater sagte).

Ich verabschiede mich und gehe durch die hereinbrechende Dämmerung zum Parkplatz. Dort, als ich die Tür des Landrovers öffne, verspüre ich ein Zögern.

Morgen.

18

1. Was denkst (dachtest) du?
2. Was fühlst du? (Jetzt, in diesem Moment, wo du allein bist.)
3. Was willst du? (Vom Leben, von der Liebe, von dir selbst, von mir. Letzteres ist jetzt irrelevant, aber trotzdem …)
4. Wie sieht dein Leben jetzt, nach so vielen Monaten, aus? Bist du jetzt glücklich?
5. Warum?
6. Warum ja?
7. Warum nein?
8. Antworte.

19

Meine Mutter, die ich einmal im Monat, manchmal etwas öfter, im Pflegeheim besuche, wo sie zwischen anderen alten Leuten sitzt und ins Nichts starrt. Ist sie einsam? Fühlt sie sich allein? Fühlt sie überhaupt noch etwas? Andere Familienangehörige gibt es nicht, daher bekommt sie kaum Besuch. Ab und an »jemanden von früher«. Ich weiß, dass Shannons Mutter gelegentlich kommt. Wie heißt Shannons Mutter? Keine Ahnung. Mein Vater wohnt in Norwegen. Ich habe ihn im Verdacht, dass er noch lieber in Australien wohnen würde. Warum gehe ich nicht öfter hin? Die einfache Antwort lautet, dass ich nichts dabei fühle. Bei ihr. Bei ihm. Bei Familie. Aber es gibt wenig Familie, und meine Eltern mochten den Umgang mit den wenigen Verwandten, die es gab, nicht. Eine Familie wie eine Insel. Warum gehe ich nicht öfter hin? Die schwierige Antwort lautet, dass ich einen Groll hege, den ich nicht aussprechen kann. Als Teenager warf ich ihnen vor, mich gezeugt zu haben. Vielleicht denke ich das noch immer, das heißt, dass sie sich in erster Linie deshalb ein Kind zulegten (eins), weil man das damals tat. Esther hat mal gesagt, dass ich ihnen angesichts ihrer Vergangenheit nichts übelnehmen kann. Ich habe gesagt, dass ich Leute kenne, die drei

Konzentrationslager überlebt haben und durch und durch Wärme, Anteilnahme und Liebe sind.

Ich bin ein Montagskind. So wie es früher Autos gab, die nach dem Wochenende von misslaunigen Arbeitern zusammengeschustert worden waren, Wagen, die bereits Macken aufwiesen, sobald sie aus dem Showroom rollten. Joyce hatte einen guten Überblick über meine Mängel: gefühllos, negativ, genussunwillig, kein Kontakt zu meinem Körper (worauf ich immer antwortete, das sei nicht schlimm, solange ich nur Kontakt zu ihrem Körper hätte), langweilig (*du willst nie etwas*), immer nur logisch (*aber nicht alles ist logisch*) und so weiter. Aber ich liebte sie. Ich habe versucht, gut zu ihr zu sein. Es ist mir trotzdem nicht gelungen. Ich bin nicht gelungen. Ich blicke mit Abscheu auf mein Leben. Manchmal war es gut. Das kann selbst ich nicht leugnen. Ich bin froh, dass ich mit Esther befreundet war. Ich bin froh, dass ich Beckett gelesen habe, John Fowles, Tranströmer, Puschkin et cetera. Ich bin froh, dass ich ein Steinzeitbeil gefunden habe und dass ich dieses Skelett ausgrub und dass diese Osteologin (wie heißt sie) mich lehrte, was Propriozeption ist. Ich bin froh, dass ich mit Maria geschlafen habe. Der Duft von Geißblatt. Diese schwüle Sommerabendwärme. Sie hinten auf meinem Fahrrad. Radiohead, Faithless, Underworld, einige Stücke der Beatles … Shannon. Ich bin froh, dass ich nicht aufgehört habe, an Shannon zu denken. Dass ich sie nicht habe verschwinden lassen. Dass ich weiter daran geglaubt habe, dass sie Ruhe im Schatten eines Baumes gefunden hat. Das ist wichtig.

Es hat keinen Sinn, meine Mutter nach Shannon zu fragen. Sie weiß nicht einmal mehr, wer ich bin. Manchmal nennt sie mich Ben. Ich habe den Stammbaum eines entfernten Onkels hinzuziehen müssen, um zu entdecken, dass das ihr älterer Bruder war. Ich wusste nicht, dass sie Brüder (2) und Schwestern (3) hatte. Dieser Teil ihres Lebens fiel vor das Datum, an dem sie beschloss, dass ihr Leben begann. Wieder begann. Eigentlich begann. Das heißt, als sie meinen Vater kennenlernte, heiratete und mich gebar. Ich habe sie einmal mehr oder weniger gezwungen, von jener Zeit zu sprechen. Die erste Geschichte war, dass sie bei ihren Untertaucheltern ankam, es war Abend, und da etwas zu essen bekam. Sauerkrauteintopf mit geräucherter Wurst. Und dass sie das Essen hinunterschlang und fragte, ob sie am nächsten Tag wieder so viel essen dürfe. Danach konnte keiner von uns beiden weitermachen. Danach gab es nur noch Rita Hovink.

»Laat me alleen«, lass mich allein, ihr größter Hit.

Ich müsste mehr Gefühl für meine Mutter aufbringen. Aber ich tue es nicht. Nicht mehr. Lass mich in Frieden mit deinem Scheiß-Westerbork. Mit deinem Leben im Versteck. Mit deinem Krieg.

Es reicht mir. Es hörte nicht auf. Sie und all die anderen, alle, mit ihren Lagern und ihrem Hunger und ihrem Leben im Versteck und dass wir wieder aufstanden und weitermachten, denn man muss doch weitermachen und so tun, als wäre man nicht jüdisch, und so schnell wie möglich heiraten und die Kinder notfalls taufen lassen, das heißt wieder im Versteck leben, denn zu leugnen, was man ist, und sich in die Kleider der Umgebung zu hüllen, um bloß nie anders zu sein, das ist eine Form von ... Die Wut ... Und die Scham auch, denn du selbst hast nichts mitgemacht, du kennst Menschen (sehr viele), die ALLES mitgemacht haben, und wenn ich sage ALLES, dann meine ich nicht sehr viel, sondern DAS ALLERSCHLIMMSTE, und für alles fühlst du, mit allen fühlst du mit, du hörst dir ihre Geschichten an, das heißt die Geschichten derer, die darüber sprechen können (und das sind unweigerlich jene, die auch den Mund nicht halten können), und du saugst das auf, du wirst davon durchtränkt, bis du ein ekliger, stinkender Spüllappen bist, der all diesen Schmutz aufgenommen hat, und wenn das helfen würde, hätte es wenigstens noch Sinn, aber es gibt noch viel mehr Sauerei, wo soll man bloß anfangen, eine endlose Menge Shit, ein unaufhörlicher Strom ... Tante Netty, die sofort herausgepickt wurde, zum Beispiel, und Blockälteste wurde und danach auch noch in ein Gaskammerkommando kam und somit Goldzähne aus Mündern reißen und Ringe aus Aftern fummeln musste und sich deswegen so schuldig fühlte, dass sie bis kurz vor ihrem Tod ihren Kindern davon nichts zu erzählen wagte, dir aber schon, denn du warst kein Kind und hattest überdies feierlich versprochen, dass du nicht darüber sprechen würdest, und du konntest so gut zuhören. Ach, der Stolz. Ins Vertrauen gezogen. Dass du dorthin gelangt warst, wo noch nie jemand gewesen war. Der Captain Kirk des Lagersyndroms.

»Ist Shannons Mutter wieder mal hier gewesen?«

Deine Mutter nickt. Wenn du sie fragst, ob der Weihnachtsmann da war, nickt sie auch.

»Ja, die und nicht nur gewesen und nicht also ich und weg.«

Jaja. Du sagst *jaja*.

»Denkst du noch manchmal an die Schweiz?«

»Oh, und ein Stein und dass diese Schildchen und nicht und weg.«

20

I am in my mother's room. It is I who live there now.

21

Wir stehen in dem Zelt, in dem die Funde geordnet
werden, Igor und ich, und er deutet auf einen Ring
mit drei rostigen Hausschlüsseln und sagt: »Zehn
Jahre Grabungen in Lagern, und wenn ich so etwas
sehe ...«

Du steckst die Schlüssel in die Tasche, wenn du
gehst.

Das tust du. Tür zu. Schlüssel in deiner Tasche.

»Was suchen wir?«, sagt Igor.

Ich sehe ihn an. Was ist das? Machen wir jetzt
einen auf tiefsinnig und empfindsam? Und eine
andere Frage: Warum darf Igor nichts empfinden
bei ... Du, Samuel Hagenau, empfindest doch auch
etwas angesichts des Elends anderer? Willst du dieses jüdische Leid etwa für dich selbst behalten, weil
du dieses Leid nicht mal empfinden darfst, schließlich hast du ja nichts mitgemacht und sie schon
und ...

»Hier«, sagt er. »In Sobibor ... Was suchen wir?
Eine Erklärung? Eine Antwort?«

Igor starrt auf den kleinen Schlüsselbund.

Meine Großmutter, Hanna Hagenau, kam im
Oktober hier an und wurde fünf Monate später
in Sobibor vergast. Wenn ich eine Doku über den
Krieg schaue, suche ich nach ihrem Gesicht. Blöd-

sinn, denn von ihr ist nur ein einziges Foto übrig geblieben, ein sehr schlechtes Foto, und es ist unwahrscheinlich, dass ich erkenne, was ich nicht gekannt habe. Es ist melodramatisch. Man kann nicht vermissen, was man nicht gehabt hat.

Wir suchen, was wir nicht finden. Wir finden, was wir nicht suchen.

Das sage ich nicht.

22

In der Dämmerung. Alles ohne Farbe. Aber die Äste heben sich noch scharf vom sich verdunkelnden Himmel ab.

Hier. Vor fünfundzwanzig Jahren. Zwei Monate später mit einem Kopf voller Zeitepochen auf den Gängen der Fakultät *Paläolithikummesolithikumneolithikum Bronzeeisenrömischmittelalter*. Das Ende des Sommers. Der Beginn eines Lebens. Maria. Der Duft von Geißblatt. Ich wusste nicht, was Liebe ist. Was wollen Menschen voneinander? Warum? Mehr sein? Mehr als das, was man ist, das vergängliche Fleisch, Bruder Esel, der einen Computer trägt? Höherer Honig?

Paläolithikummesolithikumneolithikum Bronzeeisenrömischmittelalter

Morgen ist Samstag.

~~Sie sagt hallo, sie nimmt den Karton, sie geht.~~
~~Sie öffnet den Karton und zeigt, was drin ist.~~
~~Sie kommt nicht.~~
~~Sie kommt, sie öffnet den Karton nicht, sie geht.~~

Sie sagt *In diesem Karton habe ich aufbewahrt, was ich vergessen habe, dass wir abends durch das sinkende Licht ans Meer fuhren, die Scheinwerfer der Autos, die Musik aus dem Radio, der Strand unter meinen nackten Füßen, das letzte Licht, dass wir uns im Wald verirrten, weil wir ein Schild übersehen hatten, und dass es schon fast Abend war, als wir endlich wieder zum Hotel kamen, und dass wir dort auf der Terrasse aßen und zu dem alten Kloster weiter weg schauten und dass wir am nächsten Morgen aufwachten und Leute sahen, die Tai-Chi machten, und zwei Rehe, die da ganz dicht vorbeiliefen, dass wir bei Regen heirateten und ich sagte, dass das ein ungünstiges Vorzeichen sei, und du sagtest, dass unsere Ehe niemals dürr und trocken sein würde, dass meine Mutter starb und dass wir die Nacht im Krankenhaus verbrachten, zu zweit auf einem schmalen Krankenhausbett, und dass du am Morgen weggingst, um zu Hause frische Kleider zu holen, und du warst*

noch nicht draußen, da tat sie ihren letzten Atem-
zug, dass du mir pinke Pornopumps schenktest,
dass du mir einen iPod schenktest, den du hattest
gravieren lassen (»weil es Frühling geworden ist
im Winter«), *dass du mir jedes Jahr an unserem*
Hochzeitstag einen langen Brief schriebst, in dem
du mir sagtest, wie sehr du mich liebtest, dass du
mich alleinließest, als ich dich brauchte, und dass
du nicht verstandst, dass ich dich brauchte, dass du
dich verhieltst wie ein Computer, der ein Problem
löst, wenn wir uns stritten, dein bodenloses Be-
dürfnis nach Liebe, nein: Umhegen, dass ich diese
Leere niemals würde füllen können, deine Wut,
immer, unter der Oberfläche, der Groll gegen die
Welt, den Menschen, dass meine Hand keinen
Frieden bringen konnte, dass mein Friede keine
Ruhe schenkte, dass meine Ruhe kein ... warum
du dir selbst kein Glück zugestandst (wegen des
Unglücks in der Welt und weil der Mensch schlecht
ist) und was ich dagegen tun konnte und was ich
nicht dagegen tun konnte.

Sie kommt nicht, du öffnest den Karton und findest Sachen, die dir wenig sagen und von denen du
auch nicht weißt, warum sie sie nicht mitnehmen
konnte: ein Stapel LPs, ein Wok, eine elektrische
Uhr, ein paar vergilbte Kunstlaufschlittschuhe.
Oder vielleicht, zwischen ein paar Staubflocken,

ein zusammengeknülltes Blatt Papier, auf das du irgendwann etwas geschrieben hast, als sie zum x-ten Mal sagte, dass sie nicht glücklich sei, was du ihr hattest sagen wollen und nicht gesagt hast, denn du sagst nichts.

Du sagst nichts.

Die Stille ist groß. Es ist eine Stille, die man nicht hört, sondern fühlt. Du atmest tief ein, und die Stille füllt deine Lunge.

OOGA-CHAKA OOGA-CHAKA OOGA-CHAKA

Paläolithikummesolithikumneolithikum
Bronze Eisen Römisch
Mittelalter

Ein Geräusch, das aus der Ferne kommt: eine Kirchenglocke.

Aber noch immer: Stille.

OOGA-CHAKA OOGA-CHAKA OOGA-CHAKA

I can't stop this feeling
Deep inside of me
Girl, you just don't realize
What you do to me

When you hold me
In your arms so tight
You let me know
Everything's all right

Keine Stille.
   Atme ein.
   Atme aus.
   Morgen ist Samstag.
   Was sage ich?
   Atme …

Atme meinen Atem. AtmemeinenAtemfühlewasich-
fühle.
   Ist es lange her, ist es lange her …

Was geschieht, wenn der eine Mensch den anderen
Menschen … Das Herzklopfen. Der Schweiß bricht
dir aus. Ein Summen in deinem Bauch. (Wie Bie-
nen.) Vor zehn Sekunden hast du noch dein Ding
gemacht, du gingst deinen Weg, das Leben vollzog
sich, du setztest einen Fuß vor den anderen und den
anderen vor den einen. Und jetzt, auf einmal: dies.
Verwirrung. Verlangen. Unruhe. Die Gewissheit
dieses Verlangens und die Ungewissheit des *Was*
jetzt. Und wenn der Moment dann kommt, in dem
ihr euch umarmt und eure Lippen sich berühren,
deine Hände um ihre Taille, ihre Hände auf deinem

Rücken, dann weißt du, das ist es, das heißt, was du wolltest, ohne zu wissen, dass du es wolltest. Dass du etwas schenkst, was jemand schon hatte (aber nicht wusste). Dass du bekommst, was du schon besaßest (aber nicht wusstest).

Joyce ...

Dass wir eines Frühlingsmorgens, das lange Gras betaut, die Sonne hinter silbern geränderten Wolken an einem Reckitt's-blauen Himmel, an einem Morgen mit langen Schritten durch das hohe Gras gehen, dass wir uns am Ufer hinknien, dass wir uns vorbeugen, das Wasser ein Glitzern in deiner Handmulde

und die Vergangenheit, die fortspült,
und der Durst wird gelöscht,
und der Hunger wird gestillt,
und die Erinnerung treibt davon,
dass der Strom unsere Erinnerungen mitnimmt,
dass alles neu ist,
dass das Ende endet,
dass der Anfang anfängt,
dass alles anfängt,
dass alles ein Anfang ist,
dass alles neu ist,
dass alles leer ist von sich aus,
dass alles ein Anfang ist,
dass alles neu ist,
dass alles leer ist.

Ist es lange her, ist es lange her, ist es lange her, ist es lange her, ist es lange her, ist es lange her, ist es lange her, ist es lange her, ist es lange her, ist es lange her ist es lange her ist es lange her isteslangeheristes langeheristeslangeheristeslangeheristesistesistesisteslangeheristeslangeheristesherheristeslangeherheristesisteslangelangeherlangelangeher ...

ist es lange her, ist es lange her ...

Was du nicht sagst.

23

Die Frau parkt unter einem Baum. Sie stellt den Motor ab, die Scheibenwischer hören auf, sich zu bewegen. Tropfen spritzen auf die Windschutzscheibe. Tropfen fallen auf das Dach. Sie sitzt da, die Hände im Schoß. Gleich macht jemand die Tür auf. Jemand sagt zur Begrüßung ihren Namen. Sie wiederum sagt den Namen des anderen. Das tickende Geräusch des sich abkühlenden Motors. Regen auf dem Blätterdach über dem Auto. Regen in den Pfützen auf dem Weg. Regen auf dem Rasen vor dem Haus.
Das Schlafzimmer ...
Endloser Regen.

Am Küchenfenster steht der Mann. Er schaut auf das Auto, das Auto unter dem Baum, die Frau im Auto. Die Katze streicht zwischen seinen Beinen durch. Das Wasser tropft vom Reetdach. Der Mann denkt: Was geschehen ist, eben das wird hernach sein. Was man getan hat, eben das tut man hernach wieder, und es geschieht nichts Neues unter der Sonne.

Der Mann geht hinaus.

Dank an Roland Bron, Hans Olaf Visser und Ivar Schute für ihre sachkundigen Ratschläge.

Dank an Harry Cock und Sam und Sophie Möring.

Dank an Helga van Beuningen und Patricia van Neerven für ihre An- und Bemerkungen.

Und besonderer Dank an Bert Natter, der das Manuskript las und mit kritischen Anmerkungen versah.

Die Originalausgabe erschien 2019 unter dem Titel *AMEN*
bei De Bezige Bij, Amsterdam.

Penguin Random House Verlagsgruppe FSC® N001967

1. Auflage
Copyright © der Originalausgabe 2019 Marcel Möring
Copyright © der deutschsprachigen Ausgabe
2022 Luchterhand Literaturverlag
in der Penguin Random House Verlagsgruppe GmbH,
Neumarkter Straße 28, 81673 München
Umschlaggestaltung: buxdesign | München
Covermotiv: © plainpicture/kemai
Satz: Buch-Werkstatt GmbH, Bad Aibling
Druck und Einband: Friedrich Pustet, Regensburg
Printed in Germany
ISBN: 978-3-630-87652-8

www.luchterhand-literaturverlag.de
facebook.com/luchterhandverlag